1話10分

秘密文庫

一般社団法人
日本児童文芸家協会 編

新星出版社

ここは、とある町のはずれにある
ちょっと不思議《ふしぎ》な古本屋《ふるほんや》。
あなたが読みたいと思う本が、
きっと見つかります――。

もくじ

秘密《ひみつ》だよって花桜《かお》は言った。だから、美結《みゆう》はずっとその秘密《ひみつ》を守《まも》ってきた。ずっと。

はじめて花桜《かお》にその秘密《ひみつ》を打《う》ち明けられたのは、二か月ほど前。新しいクラスになって、みんなの浮《うわ》ついていた気持《きも》ちが落《お》ち着《つ》いてきた頃《ころ》のことだ。

「わたし、結翔《ゆいと》が好《す》きなんだ」

学校帰り、花桜《かお》は美結《みゆう》の耳に口を寄《よ》せてそう言った。

(へえ、結翔《ゆいと》ねえ)

結翔《ゆいと》のことなら、もちろん知ってる。なぜなら、幼稚園《ようちえん》の頃《ころ》からスイミングスクールが一緒《いっしょ》だから。結翔《ゆいと》とのつき合いは、花桜《かお》よりもずっと長い。

だから花桜《かお》が結翔《ゆいと》のことを「瞳《ひとみ》が茶色っぽいのがカッコいい」とか、「髪《かみ》がさらさらなのがおしゃれ」とか言うのを聞いても、(そうだっけ?)としか思わなかった。

そもそも誰《だれ》かのことを特別《とくべつ》に好《す》きだと思ったこともなかったし、結翔《ゆいと》のことを好《す》きになる対象《たいしょう》だなんて、思ったこともなかった。——なのに。

気がついたら、最近《さいきん》、結翔《ゆいと》の姿《すがた》ばかり目で追《お》っている。そして、茶色い瞳《ひとみ》やさらさらの髪《かみ》を見て、胸《むね》が苦《くる》しくなるのだ。

（わたし、結翔《ゆいと》のことを好《す》きになっちゃったの？　ううん、まさか……）

花桜《かお》から結翔《ゆいと》の話ばかり聞かされるからだ。そう思うのに、スイミングスクールで結翔《ゆいと》から話しかけられると、すごく悪《わる》いことをしているような気持《きも》ちになってしまう。

（ああ、どうしたらいいんだろう？　秘密《ひみつ》なんて聞かなきゃよかったな……）

ずっとそのことでモヤモヤしていたら、駅《えき》の向《む》こうに占《うらな》いをしてくれる『夢幻堂書房《むげんどうしょぼう》』という本屋《ほんや》さんがあるとうわさで聞いた。高いんじゃないかと思ったら、本を一冊《いっさつ》買えばサービスで占《うらな》ってくれるらしい。

（それならわたしのおこづかいでも大丈夫《だいじょうぶ》だ。思いきって占《うらな》ってもらおうかな）

美結《みゆう》は、さっそく目当ての店へ向《む》かった。

その店は、すぐに見つかった。うわさ通り、『占《うらな》い』の看板《かんばん》が表《おもて》に出ている。

ドアを開《あ》けると、

「いらっしゃいませ」

立派《りっぱ》なひげをたくわえた『紳士《しんし》』という呼《よ》び方がぴったりなおじさんがほほえんだ。

「すみません、本を一冊《いっさつ》買えば占《うらな》いをしてもらえるって聞《き》いて……」

美結《みゆう》が言うと、おじさんは申《もう》し訳《わけ》なさそうに眉《まゆ》を下げた。

「申《もう》し訳《わけ》ありません。そのサービスは水曜日限定《げんてい》なんです」

（あ、そうなんだ）

がっかりして店を出ようとして足を止めた。目の前に『秘密文庫《ひみつぶんこ》』というタイトルの本が置《お》いてある。まるで、美結《みゆう》のためにその場所《ばしょ》に準備《じゅんび》されていたかのように。

（もしかしたら、この本を読めば、わたしの気持《きも》ちも晴れるかも）

美結《みゆう》は迷《まよ》うことなく、その本に手《て》をのばした。

「これ、ください！」

「おや。いい本を選《えら》びましたね」

おじさんが、にっこりほほえむ。するとどこからか、ふわりと珈琲《コーヒー》の香《かお》りがした。

墓場まで持っていく話管理局

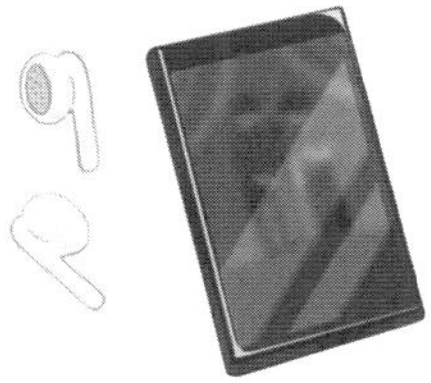

長谷川まりる

死《し》んだらどうなるか、ご存《ぞん》じですか？

天国に行くと思っているのなら、半分正解《せいかい》。いい人は天国へ行けます。

だけど超《ちょう》いい人だけです。少しでも悪《わる》さをする可能性《かのうせい》のある人間を天国行きにしてしまえば、天国があっという間に現世《げんせ》と変《か》わらない、無法地帯《むほうちたい》となってしまうからです。

死《し》んだ人間はまず、地獄《じごく》の裁判所《さいばんしょ》へ送《おく》られます。

ここで十王《じゅうおう》の裁判《さいばん》をへて、天国行きか地獄《じごく》行きかが決《き》まるわけです。

十王とは、地獄《じごく》にいる十人の裁判官《さいばんかん》のことです。五番目の裁判官《さいばんかん》である、閻魔《えんま》大王の名前は聞いたことがあるでしょう。閻魔《えんま》大王の裁判《さいばん》を受《う》けるのは死《し》んでから四十九日《しじゅうくにち》目と決《き》まっています。

裁判《さいばん》といっても、子どもの場合はどうでしょうか。

世《よ》の中《なか》には、善悪《ぜんあく》の判断《はんだん》もつかないうちに死《し》んでしまう子どもも、やはりいます。

子どもは悪《わる》い人とは言いきれないので、地獄《じごく》行きにはなりません。とはいえ、いい人とも言いきれないので、天国行きにもならず、生まれ変《か》わることになります。

しかし、すぐに生まれ変《か》われるわけではありません。親よりはやく死《し》んだ子どもは「親を悲《かな》しませた罰《ばつ》」として、賽《さい》の河原《かわら》で石積《いしづ》みの刑《けい》に処《しょ》せられます（子どもをいじめるような悪《わる》い親だった場合は、このかぎりではありません）。

石積《いしづ》みの刑《けい》は、石の塔《とう》を作れば終《お》わります。

ですが、地獄《じごく》には獄卒《ごくそつ》と呼《よ》ばれる鬼《おに》がいて、罪人《ざいにん》をこらしめています。完成《かんせい》しそうになるたびにこの鬼《おに》がやって来て、せっかく作った石の塔《とう》をぶちこわしていくのです。子どもは何十年も、ひたすら石を積《つ》みつづけなければなりません。

なんともかわいそうな話だと思われるでしょう。地獄《じごく》でもこの刑法《けいほう》はとっくの昔《むかし》に問《もん》題視《だいし》されて、べつの処遇《しょぐう》にとってかわりました。

なにしろ、地獄《じごく》はいつだって人手不足《ぶそく》。子どもの手も借《か》りたいほどいそがしい。

そこで、石積《いしづ》みをさせるかわりに地獄《じごく》の事務仕事《じむしごと》をさせることになりました。

これは、人手不足解消《ぶそくかいしょう》、世《よ》の役《やく》に立って（この場合は、あの世《よ》の役《やく》に立って）ついでに徳《とく》も積《つ》めるという、一石三鳥のアイディアなのです。

というわけで、わたし、野々村《ののむら》あおいは地獄《じごく》で事務職員《じむしょくいん》として働《はたら》いています。

死《し》んだのは約《やく》三十年前、当時は中学二年生でした。死因《しいん》は事故死《じこし》です。

信号無視《しんごうむし》をして車にひかれたという、完全明白《かんぜんめいはく》に自業自得《じごうじとく》な最期《さいご》でした。

なのでわたしが地獄《じごく》で働《はたら》かされるのは仕方《しかた》のないことといえます。

なんといっても、日本の地獄《じごく》の裁判《さいばん》は、とてもきびしいことで有名《ゆうめい》なのです。

アリ一匹殺《いっぴきころ》しても、嘘《うそ》ひとつついても、地獄《じごく》行き。地獄《じごく》に落《お》ちたら獄卒《ごくそつ》たちに殴《なぐ》られたり蹴《け》られたり切り刻《きざ》まれたり、まあ、聞いているだけで耳をふさぎたくなるような責《せ》め苦《く》を受《う》けますので、事務作業《じむさぎょう》ですんだ子どものわたしは超《ちょう》ラッキーです。

あと数十年も働《はたら》けば、徳《とく》を積《つ》み終《お》えて生まれ変《か》われますし。

「あおいちゃん、次《つぎ》の裁判資料《さいばんしりょう》、ここに置《お》いとくからね」

もくもくとパソコンに向《む》かっていたわたしに、資料《しりょう》の山の向《む》こうからお声がかかりました。一緒《いっしょ》に働《はたら》く鬼先輩《おにせんぱい》です。

鬼先輩《おにせんぱい》は、ぷっくり太った福《ふく》の神《かみ》みたいな体型《たいけい》の青鬼《あおおに》です。

獄卒《ごくそつ》の方々はいかにもいかつくて怖《こわ》い顔の鬼《おに》ばかりですが、事務《じむ》の鬼《おに》の方々はけっこうマイルドです。ときどき飴《あめ》ちゃんをくれるお茶目な鬼《おに》もいます。

なんといってもわたしたちは子どもですから。「若《わか》くして亡《な》くなるなんてかわいそうに」などと、ときどき涙目《なみだめ》になっておられます。

とても人情深《にんじょうぶか》いのです。

「電車の脱線事故《だっせんじこ》があって、三十人くらい亡者《もうじゃ》が出たんだ。若《わか》い人もいるから、『墓場《はかば》まで持《も》っていく話』の所持者《しょじしゃ》は五、六人くらいだけど、資料《しりょう》まとめておいて」

「承知《しょうち》しました」

わたしと鬼先輩《おにせんぱい》が働《はたら》いているのは、裁判所《さいばんしょ》の中の『墓場《はかば》まで持《も》っていく話管理局《かんりきょく》』という、超《ちょう》マイナーな部署《ぶしょ》です。

亡者《もうじゃ》、つまり裁判《さいばん》を受《う》ける死者《ししゃ》の中には、まじで誰《だれ》にも言えないくらいの、ねっとりとしたほの暗《ぐら》い秘密《ひみつ》を抱《かか》えた人がいて、そういう秘密《ひみつ》は我々《われわれ》の管理下《かんりか》におかれます。

死《し》んだあとは、秘密《ひみつ》なんて持《も》てません。

生きているうちに証拠《しょうこ》を隠滅《いんめつ》したと思っても、地獄《じごく》の事務局《じむきょく》にはすべて記録《きろく》が残《のこ》っています。そして裁判中《さいばんちゅう》、みんなの前で恥《は》ずかしい秘密《ひみつ》を暴露《ばくろ》されるのです。

生前はいいおこないを心がけたいものですね。

地獄《じごく》には優秀《ゆうしゅう》なITエンジニアもたくさん落《お》とされていますから、事務局《じむきょく》ではデジタル化《か》が進《すす》んでいます。

鬼先輩《おにせんぱい》が託《たく》してきた資料《しりょう》を読みこみ機《き》に食べさせると——機械《きかい》は生きています。地獄《じごく》では無機物《むきぶつ》に命《いのち》が宿《やど》ることもしょっちゅうです——パソコン画面《がめん》に、脱線事故《だっせんじこ》でお亡《な》くなりになった人びとの『墓場《はかば》まで持《も》っていく話』がずらりと表示《ひょうじ》されました。

わたしの仕事《しごと》は、裁判《さいばん》に立つ亡者《もうじゃ》が、死《し》ぬまで人に話せなかった秘密《ひみつ》の種類《しゅるい》を分類《ぶんるい》して、罪深《つみぶか》さの目安《めやす》をつけて裁判所《さいばんしょ》に提出《ていしゅつ》すること。

なのですが……。

モニターに表示《ひょうじ》された、とある亡者《もうじゃ》の記録《きろく》に目を留《と》めたわたしは、思わずキーボードの上で手を止めました。それから「鬼先輩《おにせんぱい》」と声をかけます。

鬼先輩《おにせんぱい》は、お腹《なか》を壊《こわ》した読みこみ機《き》に薬《くすり》を飲《の》ませてやっているところでした。いそがしくなって資料《しりょう》を食べさせすぎると、機械《きかい》が胃《い》もたれを起《お》こしてクラッシュしてしまうのです。機材《きざい》はやさしく、丁寧《ていねい》にあつかわなければなりません。無理《むり》をさせると、あとで修理代《しゅうりだい》がかさむことになりますから。

「この裁判《さいばん》、気になることがあるので、傍聴《ぼうちょう》に行ってもよろしいでしょうか」

鬼先輩《おにせんぱい》はけげんな顔をしたあとに、ぐっと親指《おやゆび》を立てました。

「もっちろん。遅《おく》れた分は、残業《ざんぎょう》してね」

被告人席《ひこくにんせき》に、三木小夜子《みきさよこ》が引っ立てられてきました。

四十代《よんじゅうだい》なかばの三木小夜子は、はじめからしくしく泣《な》いておりました。左前の白い着物《きもの》を着《き》ていて、脱線事故《だっせんじこ》で亡《な》くなったとはいえ、体はケガもなく健康《けんこう》体そのものです。地獄《じごく》では、目をおおいたくなるようなケガをしても、みるみる回復《かいふく》してあっという間にもと通り。なので、地獄《じごく》の刑場《けいじょう》で獄卒《ごくそつ》たちにすりつぶされてもすぐに生き返《かえ》り、延々《えんえん》と責《せ》め苦《く》を負《お》わされるのですね。

よく考え抜《ぬ》かれた、血《ち》も涙《なみだ》もないシステムです。

裁判所《さいばんしょ》にはたくさんの鬼《おに》や亡者《もうじゃ》が働《はたら》いています。

わたしのほかにも、石積《いしづ》みのかわりに事務仕事《じむしごと》をしている子どもがいて、裁判官《さいばんかん》の大王に資料《しりょう》を提出《ていしゅつ》したり、証言台《しょうげんだい》に立って亡者《もうじゃ》の罪状《ざいじょう》を述《の》べあげたりしていました。

わたしはふだんはここまで出張《でば》ってきませんが、ときどき気になる『墓場《はかば》まで持《も》っていく話』がある場合は、同じように傍聴《ぼうちょう》に行きます。

「これより、亡者《もうじゃ》、三木小夜子の裁判《さいばん》をはじめる」と、裁判局《さいばんきょく》の鬼《おに》が宣言《せんげん》しました。

とはいえ、日に何百件《なんびゃっけん》も裁判《さいばん》があるので、その言い方はだいぶ機械的《きかいてき》です。

コンビニの店員《てんいん》さんの「いらっしゃいませ」とか「ありがとうございました」くらいの慣《な》れ加減《かげん》です。

『墓場《はかば》まで持《も》っていく話』は、死後《しご》の裁判《さいばん》では重要案件《じゅうようあんけん》になりやすいトピックのひとつです。なにしろ秘密《ひみつ》というものはだいたいにおいて後ろめたいものですし、誰《だれ》にも言え

ないということは、それだけ罪深《つみぶか》い可能性《かのうせい》が高いのです。

しかし、ほとんどの人は、秘密《ひみつ》を秘密《ひみつ》のままにはしておけません。

どこかのタイミングで「じつは……」と話してしまうことが大半です。本当に死《し》ぬまで秘密《ひみつ》にされた秘密《ひみつ》を持《も》つ者《もの》は、亡者《もうじゃ》のうちの三分の一以下《いか》。本物《ほんもの》の『墓場《はかば》まで持《も》っていく話』があるなら、それだけでじゅうぶん審議《しんぎ》の対象《たいしょう》になるのです。

わたしが先んじて提出《ていしゅつ》した資料《しりょう》が、機械的《きかいてき》に読みあげられました。

「三木小夜子の『墓場《はかば》まで持《も》っていく話』は、『友人を死《し》なせた罪《つみ》』であります。三木小夜子は三十年前の七月八日、午後四時二分、信号待《しんごうま》ちをしていた友人に『青だよ』と声をかけ、スマホをながら見していた友人はその声を聞いて車道を進《すす》み、事故死《じこし》しました。被告《ひこく》はその事実《じじつ》を隠蔽《いんぺい》し、つぐないをせず、死《し》ぬまで秘密《ひみつ》を隠《かく》し通しました。これは明確《めいかく》に罪深《つみぶか》い行為《こうい》であります。地獄《じごく》の検察《けんさつ》は被告《ひこく》に地獄《じごく》行きを求《もと》めます」

大王が目玉だけ動《うご》かして、三木小夜子をぎろりとにらみつけます。

「被告《ひこく》はこの罪状《ざいじょう》を認《みと》めますか」

三木小夜子はしくしくと泣《な》いていました。

たいてい、裁判《さいばん》を受《う》ける亡者《もうじゃ》はこうなります。

死《し》んだばかりでまだ状況《じょうきょう》を受《う》け入《い》れられていないのです。死《し》んで四十九日《しじゅうくにち》をむかえるまでに五つも裁判《さいばん》を受《う》けるのですから、いかに地獄《じごく》が亡者《もうじゃ》の心のケアなぞ気にもかけず、てきぱきと裁判手続《さいばんてつづ》きを進《すす》めるか、わかっていただけることでしょう。

三木小夜子はくちびるを震《ふる》わせながら「まちがいありません」と罪《つみ》を認《みと》めました。

「わたしがあの子を死《し》なせたんです。今日《きょう》まで誰《だれ》にも言えなかった。おそろしくて、おそろしくて……本当に、申《もう》し訳《わけ》ありませんでした。あおちゃんに会って、あやまりたいです」

「罪《つみ》を認《みと》めるのですね。地獄《じごく》行きになっても仕方《しかた》ないと？」

「はい……仕方《しかた》ないと、思います」

しくしく泣《な》いていた三木小夜子は、今度《こんど》はわんわんと泣《な》きはじめました。

「三木小夜子に対《たい》する弁論《べんろん》はありますか」

大王が裁判所《さいばんしょ》を見渡《みわた》しました。

これは地獄《じごく》の裁判《さいばん》における儀式《ぎしき》みたいなものです。地獄《じごく》では弁護士《べんごし》なんていませんし、法律《ほうりつ》もけっこうあいまいです。なので、ほとんどの場合は誰《だれ》も被告人《ひこくにん》をかばうことなどせず、流《なが》れ作業的《さぎょうてき》に裁判《さいばん》が閉廷《へいてい》して、次《つぎ》の裁判《さいばん》がすぐはじまります。

わたしは手をあげました。

大王が気がついて、「証言台《しょうげんだい》へ」と声をかけてくれます。

裁判所《さいばんしょ》や事務局《じむきょく》をうろついている人間の子どもは、みな事務員《じむいん》です。

あの世《よ》では、死《し》んだ姿《すがた》から一日分も成長《せいちょう》しないため、わたしの見てくれは中学二年生のままなのです。

証言台《しょうげんだい》に立つと、さめざめと泣《な》いていた三木小夜子がびくっとして顔を上げました。

目を丸め、口をぱくぱくさせて、息《いき》もできないようでした。

まあ、ここは死後《しご》の世界《せかい》ですから、息《いき》はしていないのですが。

「『墓場《はかば》まで持《も》っていく話管理局《かんりきょく》』の、野々村《ののむら》あおいと申します。ですが、今回は事務《じむ》局員《きょくいん》の立場ではなく、秘密《ひみつ》の当事者《とうじしゃ》としてここへ来ました」

裁判所内《さいばんしょ》がざわつきました。検察《けんさつ》の鬼《おに》が資料《しりょう》を確認《かくにん》して、メガネをかけ直します。

「野々村あおい。あなたは、三木小夜子が『青だよ』と声をかけたことによって死《し》なせた、友人本人ですね?」

「ええ、そうです。あ、いえ、ちがいます。それを証言《しょうげん》したくて、ここに立ちました」

「説明《せつめい》してください」

大王がうながしたので、わたしは三木小夜子のほうを向《む》いて、うなずきました。

小夜子は呆然《ぼうぜん》としてわたしを見つめていました。

自分の目が信《しん》じられないのでしょう。

彼女《かのじょ》は大人《おとな》になっていました。資料《しりょう》によると、子どもが二人いるそうです。

若《わか》くして死《し》んでしまったことは残念《ざんねん》ですが、これはっかりは仕方《しかた》ありません。人は、死《し》ぬときは死《し》ぬものです。

「事務局員《じむきょくいん》になったあと、自分の資料《しりょう》は何度《なんど》も読みこんだので、死《し》んだ原因《げんいん》ははっきりしています。わたしは事故《じこ》当時、イヤホンをしてスマホ画面《がめん》をながめていました。お笑《わら》い動画《どうが》を爆音《ばくおん》で見ていたのです。なので、まわりの音はほとんど聞こえていませんでした。となりで信号待《しんごうま》ちをしていたおじさんが犬のフンを拾《ひろ》って、立ち上がったのが目のはしに映《うつ》り、信号《しんごう》が青に変《か》わったとかんちがいしてしまったのです」

わたしは大王をまっすぐ見つめました。

「わたしの死《し》は、スマホのながら見とイヤホンによる情報遮断《じょうほうしゃだん》の、完全《かんぜん》なる自業自得《じごうじとく》だったという客観的資料《きゃっかんてきしりょう》があります。地獄《じごく》の資料《しりょう》が正確無比《せいかくむひ》なことは、みなさんもよくご承知《しょうち》のはず。当時の三木小夜子の言動《げんどう》はわたしの死《し》に関係《かんけい》ありません。なので、彼女《かのじょ》は無実《むじつ》です」

「でも、わたしには殺意《さつい》がありました！」

だまってりゃあいいのに、とつぜん、被告人席《ひこくにんせき》から三木小夜子が叫《さけ》びました。

思い出しました。彼女《かのじょ》は嘘《うそ》のつけない子だったのです。昔《むかし》からそうでした。

「わたし、あおちゃんとケンカしてたんです。死《し》んじゃえって思ってたんです。だから、学校にスマホなんて持《も》ってきちゃいけないのに、下校中にスマホを見てたあおちゃんを見て『うざっ』って思って……軽《かる》い気持《きも》ちで『青だよ』って言っちゃったんです。

わたしはとんでもないことをしたんです！」

「被告人《ひこくにん》には殺意《さつい》があった、と」

大王《だいおう》は確認《かくにん》するようにくり返《かえ》しました。そうです、と、三木小夜子がうなだれます。

「しかし証言者《しょうげんしゃ》によると、被告人《ひこくにん》の殺意《さつい》は無意味《むいみ》な言動《げんどう》に終《お》わったのも、事実《じじつ》である」

「はい」

わたしはうなずきました。

決《き》まったな、と、正直思いました。

大王が書類《しょるい》に判《はん》を押《お》し、判決《はんけつ》が言い渡《わた》されました。

「本件《ほんけん》においては、三木小夜子の無罪《むざい》を言い渡《わた》す！」

「な……なんで？」

三木小夜子だけでなく、読者《どくしゃ》のみなさまも不思議《ふしぎ》に思われたことでしょう。

なにしろ日本の地獄《じごく》は世界《せかい》一きびしいことで有名《ゆうめい》なのです。小バエ一匹殺《いっぴきころ》しても、気をつかってお世辞《せじ》を言っても地獄《じごく》行き。

ですが、日本の地獄《じごく》は西洋《せいよう》の地獄《じごく》とちがうところがあります。

それは、罪《つみ》を犯《おか》したかどうか、そこにしか重《おも》きを置《お》いていないところです。西洋《せいよう》では殺意《さつい》や悪意《あくい》の有無《うむ》を審査《しんさ》されます。たとえ悪《わる》いことをしていなくても、思っただけで罪《つみ》です。ですが日本では、心でなにを考えようが、関係《かんけい》ありません。

実際《じっさい》に悪《わる》いことをしたかどうか、人様《ひとさま》に迷惑《めいわく》をかけたかどうか。

審議《しんぎ》されるのはそこだけなのです。

三木小夜子はたしかに、友だちとケンカして「死《し》んじゃえ」と思った。

しかし、それだけです。誰《だれ》にも届《とど》かなかった嘘《うそ》は、ひとり言と一緒《いっしょ》です。さすがにひとり言を言っただけでは、地獄《じごく》には落《お》ちません。

というわけで、三木小夜子は無罪《むざい》です。

しかも三木小夜子は裁判《さいばん》で、正直に自分の弱みを告白《こくはく》し、つぐないたいと発言《はつげん》しました。これはもう、地獄《じごく》においては心証《しんしょう》ぶち上がりの、百点満点《まんてん》な言動《げんどう》なのです。

裁判《さいばん》は閉廷《へいてい》され、三木小夜子が外へ引っ立てられていきました。

わたしはすぐに傍聴席《ぼうちょうせき》を出て、かつての友人のもとに走っていきました。

三十年も働《はたら》いていると、裁判所《さいばんしょ》で働《はたら》く子どもや鬼《おに》さんたちはだいたい顔見知りで、食《しょく》堂《どう》で気安《きやす》くあいさつする仲《なか》です。鬼《おに》が怖《こわ》いのは、仕事《しごと》だから。本来は、正義感《せいぎかん》にあふれた、公平《こうへい》な方々です。

まあ、ほんのちょっとの悪《わる》さをした人間も許《ゆる》さないという義憤《ぎふん》に燃《も》えた方々なので、こんな地獄《じごく》の裁判《さいばん》システムがあるわけですが。

なので、三木小夜子を連行《れんこう》する鬼《おに》さんを呼《よ》び止めると、「五分だけだよ」と言って、二人きりにさせてくれました。

「さよ、ひさしぶり」

「あおちゃん……」

小夜子は、変《か》わらないわたしを見て涙《なみだ》を流《なが》しました。

死《し》んだ同級生《どうきゅうせい》に再会《さいかい》したのは、幸《こう》か不幸《ふこう》かこれがはじめてです。

「ごめんね。本当にごめん」

「いいんだよ。無罪《むざい》で良《よ》かった。でも、このあとも裁判《さいばん》はつづくから、頑張《がんば》ってね」

小夜子はぶんぶんと首をふりました。

「わたし、許《ゆる》されるべきじゃないと思う。いくらあおちゃんが聞いてなかったとしても、わたしの罪《つみ》は変《か》わらない」

わたしはちょっと笑《わら》って、持《も》っていた資料《しりょう》を持《も》ち上げました。そこには、『墓場《はかば》まで持《も》っていく話』の詳細《しょうさい》な情報《じょうほう》が書きつらねてあります。

「無罪《むざい》が確定《かくてい》したから言わなかったけど、もうひとつあるんだよ」

ぴっと、わたしは資料《しりょう》の備考《びこう》にある「客観的事実《きゃっかんてきじじつ》」を指《ゆび》さしました。

「さよは『青だよ』なんて言ってない。わたしに声をかけようとして『あお』って呼《よ》びかけただけ。でも、さよは自分のせいでわたしが死《し》んだと思いこんで、罪《つみ》の意識《いしき》から記《き》憶《おく》をねじ曲《ま》げてしまったの。わたしの名前を呼《よ》んだだけなのに、殺意《さつい》があったんだって思いこんで、三十年も自分を責《せ》めつづけた。でも、さよは仲直《なかなお》りをしようとしてわたしを呼《よ》んだだけ。これが、地獄《じごく》の資料室《しりょうしつ》に保管《ほかん》されてた、客観的事実《きゃっかんてきじじつ》だよ」

小夜子は信《しん》じられないという顔で絶句《ぜっく》しました。

しかしこれは、わりとよくあることなのです。

なんたって、わたしは三十年も地獄《じごく》で働《はたら》いています。人が長い人生の中で、いかに事実《じじつ》をねじ曲《ま》げ、思いこみを事実《じじつ》と信《しん》じこみ、忘却《ぼうきゃく》と虚構《きょこう》の中で生きていることか。

なので、裁判《さいばん》において亡者《もうじゃ》の証言《しょうげん》はほとんど役《やく》に立たないのです。だからこそ、我々《われわれ》のような事務局員《じむきょくいん》が客観的資料《きゃっかんてきしりょう》を整理《せいり》し、裁判《さいばん》に提出《ていしゅつ》しなくてはならないのです。

そして、機械的《きかいてき》に流《なが》れ作業《さぎょう》をしている裁判局《さいばんきょく》の鬼《おに》がうっかり備考《びこう》を読み落《お》としたときには、我々《われわれ》が証言台《しょうげんだい》に立つのです。

「わたし……でも……本当に？」

「大丈夫《だいじょうぶ》。心配《しんぱい》しなくても、最終的《さいしゅうてき》には、さよも地獄《じごく》に落《お》ちると思うよ」

まだ、小夜子が罪《つみ》をつぐないたい、という顔をしているので、はげますように言いました。

小夜子の地獄《じごく》行きは百パーセントまちがいありません。たぶん、殺虫剤《さっちゅうざい》をまいたとか、似合《にあ》ってもいない友だちの服《ふく》を無理《むり》してほめたとか、そんな理由《りゆう》で落《お》ちるでしょう。

ですから今回の件《けん》で無実《むじつ》になっても、それほど落《お》ちこまないでほしいです。

「さよ、ひとつ聞いていいかな？　わたしの家族《かぞく》は元気にしてる？」

わたしがたずねると、小夜子はこくりとうなずきました。

「最後《さいご》に会ったのは……半年前かな。スーパーでご両親《りょうしん》に会ったよ。元気そうだった」

「そっか。ありがとう」

そろそろ時間だから、と鬼《おに》さんが戻《もど》ってきました。

わたしは小夜子に手をふりました。

「生まれ変《か》わったら、また会《あ》えるといいね」

小夜子はきっと、千年か二千年、地獄《じごく》で責《せ》め苦《く》を受《う》けてから、生まれ変《か》わることになるでしょう。地獄《じごく》ではみじかいほうの刑期《けいき》です。何度《なんど》も生まれ変《か》わりをくり返《かえ》せば、再《さい》会《かい》できる可能性《かのうせい》はおおいにあります。

最後《さいご》にわたしたちはハグをしました。中学生のときは、よくこうして抱《だ》き合っていましたから、とてもなつかしくて、よかったです。

『墓場《はかば》まで持《も》っていく話管理局《かんりきょく》』に戻《もど》ると、鬼先輩《おにせんぱい》が読みこみ機《き》をあやしていました。また資料《しりょう》を食べさせすぎて、へそを曲《ま》げているようです。ときどき散歩《さんぽ》に連《つ》れていってあげないからです。鬼先輩《おにせんぱい》の体脂肪《たいしぼう》を減《へ》らすためにも、散歩《さんぽ》は必須《ひっす》と思われます。

「戻《もど》りました」

「おっかえりー。どうだった、裁判《さいばん》？」

「わたしの証言《しょうげん》で無罪《むざい》になりました」

わたしは自分の席《せき》に座《すわ》ってふんぞり返《かえ》り、ふふんと笑《わら》いました。

この部署《ぶしょ》では、人に言えない、ほの暗《ぐら》い秘密《ひみつ》を取《と》りあつかいます。

そこでわかったことは、秘密《ひみつ》というのは、隠《かく》せば隠《かく》すほど、むやみにパワーを持《も》ってしまうということです。

たいした秘密《ひみつ》でもないのに、長く隠《かく》していると、それが世間《せけん》にとって重大《じゅうだい》であるかのように思いこむ。ひとりで大げさにとらえてしまうこともしばしばです。

小夜子だって、わたしのことを本気で「死《し》ねばいい」と思ったわけではありません。友だちが死《し》んだショックから罪悪感《ざいあくかん》をこじらせ、どんどん自分の罪《つみ》を重《おも》くして、必要《ひつよう》以上《いじょう》に自責《じせき》の念《ねん》に囚《とら》われていただけなのです。

なぜわかるのかって？　わかりますとも。

だって、わたしたちは友だちでしたから。

鬼先輩《おにせんぱい》は目を細め、にこっと笑《わら》いました。

「おや、ひとつ徳《とく》が積《つ》まれてる。いいことしたんだね」

「本当ですか？」

「ほんと、ほんと。またひとつ、生まれ変《か》わりに近づいたんじゃない？」

でも、と、わたしはつまらない顔を作りました。

「しょせん、わたしは『親よりはやく死《し》んだ子ども』です。生まれ変《か》われる権利《けんり》を得《え》ても、親が死《し》ぬまではここで働《はたら》きつづけなきゃいけないんでしょう？」

「なに言ってんの、当たり前でしょ」

鬼先輩《おにせんぱい》はむっとした顔になりました。まあ、ぜんぜん怖《こわ》くありませんけど。

「死《し》んだ親に顔を見せてあげるまでは、ここにいなきゃだめだよ。だからこそ、わざわざ裁判所《さいばんしょ》で働《はたら》いてもらってるんだから」

そうなのです。

もともと石積《いしづ》みの刑《けい》がおこなわれていた賽《さい》の河原《かわら》は三途《さんず》の川にありますが、あれは死《し》んだ亡者《もうじゃ》が最初《さいしょ》に行き着《つ》く場所《ばしょ》だから。そこにいれば、死《し》んだ親に会うことができます。賽《さい》の河原《かわら》から移動《いどう》したあとは、ここ地獄《じごく》の裁判所《さいばんしょ》での勤務《きんむ》です。

子どもを親に会わせるため、という地獄《じごく》の計らいで、わたしは何十年も生まれ変《か》われずに働《はたら》かされていることになります。

「ほんと、古くさい取《と》り決《き》めですよね」

「古くさくても、いいの。ルールだから」
わたしは肩《かた》をすくめました。
無駄《むだ》口をたたいているひまはありません。
裁判《さいばん》に出席《しゅっせき》した分、遅《おく》れを取《と》り戻《もど》さないと。
パソコンを起動《きどう》させ、資料《しりょう》に目を通しました。今日《きょう》もまじめにお仕事《しごと》です。
なにしろ、石のかわりに徳《とく》を積《つ》まなきゃなりません。
親に会ったあとは、速攻《そっこう》で生まれ変《か》わりたいですからね。

あたしの選択

いとうみく

「究極《きゅうきょく》の選択《せんたく》ごっこ」という遊《あそ》びが小学生のとき、仲良《なかよ》しグループの中で流行《はや》ったことがある。なにがきっかけだったのかは忘《わす》れちゃったけど、とにかくことあるごとに、「夏休みの宿題《しゅくだい》、読書感想文《かんそうぶん》十冊《じゅっさつ》分と漢字《かんじ》ドリル十冊《じゅっさつ》、どっちがいい？」とか「戦《たたか》うなら、巨人《きょじん》と鬼《おに》どっち？」とか言って、あたしたちは面白《おもしろ》がってた。

あの頃《ころ》は思ってもみなかった。十四歳《じゅうよんさい》のあたしに、史上最大《しじょうさいだい》の究極《きゅうきょく》の選択《せんたく》が降《ふ》りかかってくるなんてっ！

「今日《きょう》はみんなに重大《じゅうだい》なお知らせがあります。ラストライブが決《き》まりました。ぼくたち『ガンキング』は今年《ことし》いっぱいで解散《かいさん》します」

思わずスマホを落《お》としそうになった。小さな画面《がめん》の中でメンバー五人が横一列《よこいちれつ》に並《なら》んで一人ひとりコメントをしているけれど、あたしの頭は「解散《かいさん》」の二文字で埋《う》め尽《つ》くされていて、ぜんぜん話が入ってこない。

解散《かいさん》ってなに？　うそでしょ。

『ガンキング』は、めちゃくちゃ人気の五人組のアイドルグループだ。あたしと日菜子《ひなこ》は中一のとき『ガンキング』の話で盛《も》り上がるうちに仲良《なかよ》くなった。

ちなみに、あたしはリーダーの蒼人君推《あおとくんお》しで、日菜子《ひなこ》は晴琉君推《はるくんお》し。

あたしたちは『ガンキング』のことならなんだって情報《じょうほう》を共有《きょうゆう》しているし、ネット配《はい》信《しん》されるライブもかならず二人で観《み》ている。もちろん、本当はリアルのライブに行きたいけど、あたしんちも日菜子《ひなこ》のうちも、「中学生だけでライブに行くなんてダメ」って親がうるさいから一度《いちど》も行ったことがない。

「高校生になったら、絶対《ぜったい》二人でライブに行こう！」

というのが、あたしたちの合言葉《あいことば》で悲願《ひがん》だった。

なのに……あたしは泣《な》いた。ひいおじいちゃんが死《し》んじゃったときより十倍泣《じゅうばいな》いた。日菜子《ひなこ》にメッセージを送《おく》っても既読《きどく》はつかないし、SNSの投稿画面《とうこうがめん》も真《ま》っ黒《くろ》になっていた。

翌日《よくじつ》、日菜子《ひなこ》は目をぱんぱんに腫《は》らせて登校《とうこう》してきて、あたしを見た途端《とたん》、「七《な》緒《お》ー」って抱《だ》きついてきた。

「このまま、一度《いちど》も会えないままさよならなんていやだよ」

「あたしだってやだ！」

で、あたしたちは決意《けつい》した。

なにがなんでも、ラストライブに行こうって。

そのためのミッションは二つ。

ひとつは、親を説得《せっとく》して「ライブに行っていい」って言わせること。たぶんこれが、あたしたちの天王山！

朝から晩《ばん》までとにかく「ラストライブに行きたい」「行く！」「行っていいよね」をくり返《かえ》した。一週間後、ちゃんと勉強《べんきょう》をすることと、お風呂《ふろ》洗《あら》いを毎日すること、というライブとはなんのつながりもない条件《じょうけん》つきで、ようやくママからオッケーが出た。

日菜子《ひなこ》も親を説得《せっとく》して、めでたくあたしたちはひとつ目のステージをクリアした。

二つ目はチケットをゲットすることだ。ファンクラブの会員《かいいん》は優先的《ゆうせんてき》にチケットがと

れるからこれは楽勝《らくしょう》！　だったはずなのに、先行発売《はつばい》の抽選《ちゅうせん》にあたしたちはハズレてしまった。

「うそでしょ。ファンクラブに入ってるのに」

あたしがうなだれていると、「仕方《しかた》ないよ」と日菜子《ひなこ》は言った。

「それだけ『ガンキング』は人気があるってことなんだから」

日菜子《ひなこ》は『ガンキング』の人気が上がることをすごくよろこぶ。あたしだってそういう気持《きも》ちはある。あるけど、どこかでそんなに人気にならなくてもよくない？　って思ってしまうあたしがいる。一万人、十万人の蒼人君《あおとくん》より、あたしだけの……って、それじゃあアイドルにはならないけど、そんなにたくさんファンがいなくてもいいのにって。

なんだか涙《なみだ》が出た。

「一度《いちど》も会えないで終《お》わりなんてやだよぉ」

絶望《ぜつぼう》した声を出すと、「なに言ってるのっ」って、日菜子《ひなこ》はあたしにデコピンした。

「あきらめるのは早いってば。まだチャンスはあるよ」

「チャンス？」おでこをなでながらすんすんと鼻《はな》をすすると、日菜子《ひなこ》はあごを上げた。

「一般発売《いっぱんはつばい》でとればいいんだよ。一般発売《いっぱんはつばい》は抽選《ちゅうせん》じゃなくて先着順《せんちゃくじゅん》なんだから」

そうか、その手があったのか。抽選《ちゅうせん》は運《うん》だけど先着順《せんちゃくじゅん》なら努力《どりょく》すればゲットできる！

「やる！　絶対《ぜったい》とる！」

「うん！　絶対絶対《ぜったいぜったい》二人で行こう！」

問題《もんだい》は、一般発売《いっぱんはつばい》が金曜日のお昼の十二時からという点だった。

「学校にスマホ持《も》ってって、トイレでやるとか？」

あたしが言うと、日菜子《ひなこ》はうなった。

「スマホ見つかったら没収《ぼっしゅう》だよ。それにトイレって電波《でんぱ》どうなの？　リスキーだよ」

たしかにそうだ。でも家に帰る頃《ころ》には間違《まちが》いなくチケットは完売《かんばい》している。

「ってことは」あたしが言うと、日菜子《ひなこ》はうなずいた。

だよね。チケット発売《はつばい》の日、昼の十二時にパソコンの前にスタンバるには、学校を休むしかない。でも正直に「チケットをとるから学校休みたい」なんて言ったところで、ママが許《ゆる》してくれるとは思えない。

それであたしと日菜子《ひなこ》は奥《おく》の手を使《つか》うことにした。

ずる休みだ。前の日から、食欲《しょくよく》ないとか熱《ねつ》っぽいとか演技《えんぎ》をして、当日の朝はぐたっとして咳《せき》をする。前だったら「熱《ねつ》がないなら大丈夫《だいじょうぶ》」ってなっていたところだけど、今は、具合《ぐあい》が悪《わる》いときは休むのが当たり前になっているから、間違《まちが》いなくこれで休める！

で、予想《よそう》通り、その日、ママはあたしをベッドに戻《もど》した。

「ごめんね。今日《きょう》は仕事《しごと》休めないの」

心配《しんぱい》そうな顔をするママを見て、ちくんと胸《むね》が痛《いた》んだ。

ごめん、ママ、うそなんてついて。でも今日《きょう》だけは許《ゆる》して。

十一時前にリビングへ行ってパソコンを開《ひら》いた。

まだ一時間以上《いじょう》あるけど、早め早めに準備《じゅんび》するとゆとりができる。ゆとりはいい仕事《しごと》につながるのよって、ママがよく言う。

パソコンの横に目覚《めざ》まし時計《どけい》を置《お》いて、時間を確認《かくにん》してマウスを動《うご》かした。

『チケットぴけ』

『甘楽《かんらく》チケット』

『セポンチケット』

あらかじめいくつかのプレイガイドを開《ひら》いておいて、サイトに入れないときは別《べつ》のサイトに挑戦《ちょうせん》する。この方法《ほうほう》は三日前、日菜子《ひなこ》んちのパソコンで実際《じっさい》にやってみたから完《かん》璧《ぺき》だ。

十一時四十五分。

あと十五分。心臓《しんぞう》がどくどくと音を立てる。

と、スマホが鳴って、びくりとした。テーブルの上のスマホを見ると、ママからの着《ちゃく》信《しん》だ。あわてて出たら「へいっ！」ってへんな声になった。

『なによそれ』と、ママの声が笑《わら》っている。

「あ、うん、急《きゅう》に電話が鳴ったから。なに？」

『なにって、具合《ぐあい》どうかなって』

「大丈夫《だいじょうぶ》。今からおかゆ食べようかなって思ってたとこ」

『そうなの、食欲《しょくよく》出てきてよかった。今日《きょう》は早めに帰るから、ちゃんと寝《ね》ているのよ』

終話《しゅうわ》マークをタップした。チケット発売《はつばい》まであと十分だ。いったん落《お》ち着《つ》こうとキッチンへ行って水を一杯《いっぱい》飲《の》み、大きく深呼吸《しんこきゅう》をしてパソコンの前に戻《もど》った。

あと七分、六分、五分……一分、いよいよだ。

三十秒《さんじゅうびょう》……五、四、三、二、一、GO！

〈ただいまアクセスが集中《しゅうちゅう》し、つながりにくい状態《じょうたい》です。誠《まこと》に申《もう》し訳《わけ》ございません。しばらく時間をおいてから再度《さいど》ご利用《りよう》ください〉

はっ？　うそでしょ！　あわてて、もうひとつのサイトにアクセスしたけれど、同じ表示《ひょうじ》が出ている。もう一度《いちど》さっきのサイトにいってみる。

心臓《しんぞう》がどくどくどくどくと大きな音を立てて、指《ゆび》が震《ふる》える。

お願《ねが》い、お願《ねが》いお願《ねが》いお願《ねが》い！

〈SOLD OUT〉

発売開始《はつばいかいし》から十分だった。

パソコンの前で呆然《ぼうぜん》としていると、日菜子《ひなこ》からメッセージがきた。

撃沈《げきちん》の文字の入ったひよこのスタンプがいくつも並《なら》んでいた。

翌日《よくじつ》、あたしと日菜子《ひなこ》は授業中《じゅぎょうちゅう》に何度《なんど》も先生に注意《ちゅうい》された。

「大丈夫《だいじょうぶ》？　なんかあった？」って、何人からも心配《しんぱい》をされたくらいだから、あたしたちはかなりやばかったんだと思う。


その夜、ママの弟の廉也君《れんやくん》が来た。廉也君《れんやくん》は自称《じしょう》ミュージシャンだけど、音楽だけでは食べていけないからって、なんでも屋《や》さんもしている。

「よっ」と廉也君《れんやくん》はソファーでごろんとしているあたしに向《む》かって右手を挙《あ》げた。

「あれ、七緒《なお》、元気なくね？」

「廉也君《れんやくん》は相変《あいか》わらず気楽そうだね」

あたしが言うと、廉也君《れんやくん》は「ねーちゃんに似《に》てきたぁー」って、げらげら笑《わら》って、ママににらまれた。

「七緒《なお》はね、『ガンキング』のライブチケットがとれなくて落《お》ちこんでるだけ」

「まじ？　そんなら、おれとってやろっか？」

あたしはソファーから転《ころ》がり落《お》ちた。

「い、いま、廉也君《れんやくん》なんて言ったの？　チケット完売《かんばい》しちゃったんだよ⁉」

「おれ、ミュージシャンでなんでも屋《や》だよっ。方法《ほうほう》なんていろいろあんの」

廉也君《れんやくん》が神様《かみさま》に見えた。

「お願《ねが》いします‼」ばちんと手を合わせると、廉也君《れんやくん》は親指《おやゆび》を立てた。

〈朗報《ろうほう》！　ライブ行けるよ！　おじさんがチケットとってくれるって！〉

と、日菜子《ひなこ》にメッセージを送《おく》ろうとして指《ゆび》を止めた。こんな形で知らせるのはもったいない。チケットがきたら「これなーんだ」って直接《ちょくせつ》見せたほうが面白《おもしろ》い。日菜子《ひなこ》の顔を想像《そうぞう》してにやついた。よし、それまで日菜子《ひなこ》には秘密《ひみつ》だ。

「またにやついてるよ」

日菜子《ひなこ》が呆《あき》れた顔をした。朝からもう三回目だ。

「にやついてなんていませんへ」と言いながらも、自然《しぜん》とにやけてしまう。

ああ、早く日菜子《ひなこ》に言いたい。おどろかせたい。二人でよろこびを爆発《ばくはつ》させたい。

「ライブ、せめて生配信《なまはいしん》してくれればいいのにね。……ちょっと、七緒《なお》聞いてる?」

「あ、ごめん」

「だからライブ、生配信《なまはいしん》してくれないかな」

「うん、だね」と、応《こた》えると「なんかノリが悪《わる》い」と日菜子《ひなこ》は不満《ふまん》そうに横目《よこめ》で見た。

ごめんだけど、ライブ配信《はいしん》なんてあたしたちにはどうでもよくなることなんだってばっ。

ところが……。一週間たっても廉也君《れんやくん》から連絡《れんらく》がない。何度《なんど》かメッセージを送《おく》ってみたけれど、毎回スルーされている。ママもよく「ぜんぜん連絡《れんらく》してこないんだから」って怒《おこ》ってるけど、今のあたしにはママの気持《きも》ち、めちゃくちゃわかる。

「ママ、廉也君《れんやくん》チケット忘《わす》れてないよね？」

「どうかなぁ、あの子って調子《ちょうし》のいいところあるからね。期待《きたい》しないほうがいいよ」

はぁ？　するよ！　期待《きたい》してるに決《き》まってるじゃん！

あたしはもう何十回目かになるメッセージを送《おく》った。

そうして、二か月が過《す》ぎた。ライブは一週間後なのにチケットはまだ届《とど》かない。

ひどい。期待《きたい》させるだけさせておいて無責任過《むせきにんす》ぎる。ダメならダメって早く言ってくれたほうがまだましだ。もう絶対《ぜったい》に許《ゆる》さないんだから！　と、廉也君《れんやくん》のことをのろいかけた翌日《よくじつ》、あたし宛《あて》に手紙が届《とど》いた。簡易書留《かんいかきとめ》の赤いスタンプが押《お》してあって、裏《うら》には廉也君《れんやくん》の名前が。

キタ――――――！

手紙をつかんで部屋《へや》に駆《か》けこむと、はさみで丁寧《ていねい》に封《ふう》を開《あ》けた。

「……へっ？」

封筒《ふうとう》の中をもう一度《いちど》たしかめる。

ない。いや、あるにはあるけど、一枚《いちまい》しか入ってない。同封《どうふう》されていた手紙を開《ひら》いた。

〈七緒《なお》へ　遅《おそ》くなってわりー。思ったより苦戦《くせん》した。でもさすがおれ！　一枚《いちまい》ゆずってもらえたぞ！　感謝《かんしゃ》しろよ～〉

一枚《いちまい》って……もしかしてあたし、あのとき二枚《にまい》って言《い》わなかった？

おへその奥《おく》がひゅっとした。言わなかったかもしれない。とってやろうかって言われて、テンション上がりまくってて。

どうしよう……。これがあればライブに行ける。リアルに蒼人君《あおとくん》に会える。同じ空気を吸《す》うことができる。だけど行けるのはあたしだけ。

日菜子《ひなこ》はなんて言うだろう。よかったねって言ってくれる？　もし逆《ぎゃく》に、日菜子《ひなこ》だけチケットが手に入ったとしたら、あたしはどう思うだろう。

いいなってそりゃあ思う。で、ずるいって思う。ひとりで行くなんて卑怯《ひきょう》だって思いそう。親友なのに、二人で行こうって約束《やくそく》をしていたのに、日菜子《ひなこ》だけ行くなんてぬけがけだって……きっと思う。だけど、あたしに遠慮《えんりょ》して日菜子《ひなこ》も行かないなんて言いだしたら、あたしは「行ってきなよ」って言うような気もする。本心じゃなくても。

その晩《ばん》、あたしは眠《ねむ》れなかった。日菜子《ひなこ》に言うべきか、言わないでおくべきか、ひとりでも行くべきか、行かないべきか……。

眠《ねむ》れないまま、ぐるぐるぐるぐる考えて、朝方、ぼーっとした頭で思った。

――日菜子《ひなこ》には秘密《ひみつ》にしようって。

このチケットのことは、日菜子《ひなこ》は知らない。知らなければ、あたしのことをうらやましいと思うこともないし、ずるいなんて思わないですむ。それに、あたしが行かなかったら、せっかく苦労《くろう》してとってくれた廉也君《れんやくん》にも申《もう》し訳《わけ》ないし……。

ってこれは言い訳《わけ》だってことくらいわかってる。

だけど二か月前のあのとき、チケットをとってもらえるって日菜子《ひなこ》に言わなくてホントよかった。ってあたしは思ってしまった。

その日《ひ》から、できるだけ日菜子《ひなこ》と二人きりにならないようにした。二人になるとどうしたって『ガンキング』の話になってしまうから。休み時間のたびに、あたしは日菜子《ひなこ》を引《ひ》っ張《ぱ》ってほかのグループの子たちに話しかけたり、その子たちから興味《きょうみ》もないのにボックスステップを教わってみたり、おなかが痛《いた》いと言ってトイレにこもってみたり。

本当は日菜子《ひなこ》と『ガンキング』の話をいっぱいしたい。新しく見つけた動画《どうが》も一緒《いっしょ》に観《み》たい。そんなことを思うたびに、ちくちくちくちく心が痛《いた》む。秘密《ひみつ》にしていることが苦《くる》しくて、日菜子《ひなこ》の顔を見るのがつらくなってきて。

チケットがなかったら、ライブに行けないことを二人でなげいて、なげきながら動画《どうが》をたくさん観《み》て、ライブには行けないけど蒼人君《あおとくん》の手作りうちわを作ったりして。日菜《ひな》子《こ》はきっと、ゴテゴテに飾《かざ》った晴琉君《はるくん》うちわを作るはずだ。

人のどうでもいい恋《こい》バナを聞いてあいづちを打《う》ちながら、下手なステップを踏《ふ》んで笑《わら》われながら、トイレの個室《こしつ》でため息《いき》をつきながら、あたしの心は何度《なんど》も揺《ゆ》れた。

ライブに行く行かないで迷《まよ》い、日菜子《ひなこ》に言う言わないで悩《なや》み、しまいには、なんで一《いち》枚《まい》しかチケットとってくれなかったのって、廉也君《れんやくん》をうらんだりしている自分に気づいて自己嫌悪《じこけんお》だった。

そうして、なんとか一週間を乗《の》りきった。

こんなに休み時間も昼休みも長く感《かん》じたのははじめてだった。

ライブ当日。

あたしは会場の最寄駅《もよりえき》のホームでもう二十分近く動《うご》けないでいる。そのあいだ、目の前に四回電車が止まり、『ガンキング』のTシャツを着《き》た子やタオルを持《も》っている子、手作りうちわをにぎっている子たちがぞくぞくと降《お》りてくるのを見つめてた。

(ここまで来て、行かないなんてバカだよ。絶対後悔《ぜったいこうかい》する)

(日菜子《ひなこ》との友情《ゆうじょう》はどうなるの？　秘密《ひみつ》にしたままひとりだけ行くなんて、裏切《うらぎ》りだよ)

(日菜子《ひなこ》に気づかれないようにすればいいだけじゃん)

(ずっと秘密《ひみつ》のまま、これまでみたいに仲良《なかよ》くできると思う?)

会場へ行けというあたしと、友情《ゆうじょう》をとれというあたしがせめぎ合っている。

……でもやっぱりライブに行きたい。チケットを無駄《むだ》にしたくない。

改札口《かいさつ》へと足を向《む》けた。後ろから同い年くらいの女の子が二人で楽しそうに笑《わら》いながらあたしを追《お》い抜《ぬ》いていった。

――高校生になったら、絶対《ぜったい》二人でライブに行こう!

日菜子《ひなこ》の笑顔《えがお》が目に浮《う》かんだ。あたしは足を止めて、ぎゅっとスカートをにぎった。

日菜子《ひなこ》を裏切《うらぎ》りたくない。裏切《うらぎ》るのはいやだ。

あたし、ライブには行かない!!

そう決意《けつい》して顔を上げたとき、向《む》こうからふらふらした足取《あしど》りで改札口《かいさつ》に向《む》かってくる子が目に入った。大丈夫《だいじょうぶ》? 具合《ぐあい》でも悪《わる》いのかな、と気になって見ていると、

「ん?」日菜子《ひなこ》? 日菜子《ひなこ》だよね。

「日菜子《ひなこ》！」あたしが声をあげると、その子がぱっと顔を上げた。

やっぱり日菜子《ひなこ》だ。改札《かいさつ》を抜《ぬ》けて駆《か》け寄《よ》ると日菜子《ひなこ》はおどろいたように顔をひきつらせた。

「七緒《なお》、どうしてここに」

「えっ、あ、うん…………。ごめん！」

あたしは思いっきり頭を下げた。

「おじさんが、チケットとってくれたの」

日菜子《ひなこ》が目を見開《みひら》いた。

「でも一枚《いちまい》しかなくて。日菜子《ひなこ》に言えなかった。あたしひとりでライブに行こうと思ったの。でも、やっぱりムリだった。日菜子《ひなこ》を裏切《うらぎ》りたくない」

日菜子《ひなこ》は顔をくしゃっとさせた。そうだよね、ショックだよね、親友のあたしがずっと秘密《ひみつ》にしてたなんて……。もう一度《いちど》あやまろうとしたとき、日菜子《ひなこ》があたしを抱《だ》きしめた。

「あたしも、あたしも、一週間前にお父《とう》さんにチケットもらったの。でも一枚《いちまい》しかなくて。七緒《なお》に言わなきゃって思ってたけど、ずっと言えなくて。……あたしね、今会場の前まで行ったんだよ。でも入れなかった。七緒《なお》に秘密《ひみつ》にして観《み》たって、うれしいのはきっとそのときだけだもん。絶対《ぜったい》にあとで後悔《こうかい》するって。だから戻《もど》ってきたの」

日菜子《ひなこ》はからだを離《はな》した。目も鼻《はな》も真《ま》っ赤《か》だ。

「もぉー、あたしも日菜子《ひなこ》もばかみたい」

「ばかみたいじゃなくて、ばかだよ」

あたしたちは同時に笑《わら》いだした。ほっとしたのと、うれしかったのと、あとはなんだかわからないけど、笑《わら》って笑《わら》って、ちょっと泣《な》いて笑《わら》って。「一緒《いっしょ》に帰ろ」って改札《かいさつ》に入ろうとしたところで足を止めた。

「あたしたちって」

「チケット持《も》ってるんだよね？」

日菜子《ひなこ》と顔を見合わせた。

「二人で行けるじゃん！」

同時に叫《さけ》んで踵《きびす》を返《かえ》すと、あたしたちはライブ会場目指《めざ》して一気に地下鉄《ちかてつ》の階段《かいだん》を駆《か》け上がった。

はるかぜ号のひみつ

五十嵐美怜

「やべっ」

おれがそう言うのと、本がビリッとやぶけたのは同じタイミングだった。

横《よこ》で一緒《いっしょ》に読んでいた蒼空《そら》が、少しかすれた声で「悠《ゆう》」とおれの名前を呼《よ》ぶ。

「あーあ。どうすんの？」

「はぁ？　なんでおれ？　お前が引《ひ》っ張《ぱ》るからじゃん！」

「無理《むり》にそっち向《む》けたのは悠《ゆう》のほうだったって」

二人でいくら押《お》しつけ合ったって、やぶけたところがくっつくわけじゃない。背中《せなか》をヘンな汗《あせ》が流《なが》れていく。

だって、この『すぐできる自由研究《じゆうけんきゅう》』というちょっと古めの本は、おれのものでも蒼《そ》空《ら》のものでもない。しかも五年一組の学級文庫《がっきゅうぶんこ》でも、学校の図書室の本でもないんだ。

「どうしよ。はるかぜ号《ごう》のおばちゃん、怖《こわ》そうなんだよなぁ」

そう言われてゾッとする。待《ま》ちに待《ま》った夏休みが近づいている七月の真《ま》ん中《なか》。外ではセミが鳴いてるというのに、なんだか寒《さむ》いような気がしてきた。

『はるかぜ号《ごう》』というのは、市の図書館《としょかん》からやってくるバスだ。おれたちの小学校に月に一回来て、クラスごとにカゴいっぱいの本を貸《か》してくれる。

二時間目と三時間目のあいだの、少し長い休み時間。友だちの蒼空《そら》と自由研究《じゆうけんきゅう》のテーマについて話していたら、この本が目に入った。なにかいいテーマはないかと二人で一緒《いっしょ》に読んでいる途中《とちゅう》でページをやぶいてしまったというわけだ。

「はるかぜ号《ごう》のおばちゃんって、いつも来るメガネの？」

「うん。髪《かみ》の毛《け》くるっとしてる人。図書館《としょかん》でも見たことある」

図書館《としょかん》は学校からは少し遠いところにあって、おれは三年生のときに学年のみんなで見学したきり一度《いちど》も行っていない。蒼空《そら》は妹のリクエストでたまに家族《かぞく》で行くらしいけど、だいたいマンガを読んで自分はなにも借《か》りずに帰ってくるって言っていた。

「……この本、弁償《べんしょう》とかになんのかなぁ」

「弁償《べんしょう》!?　だってこんなにボロいのに……」

あわてて本を閉《と》じてカバーの裏《うら》の値段《ねだん》を見る。そこには『二五〇〇円＋税《ぜい》』と書かれていてギョッとした。

二千五百円か……。今、家にあるおれの財布《さいふ》の中には今月の小遣《こづか》いの千円が入っている。蒼空《そら》はいくら持《も》っているだろう。お年玉とかを集《あつ》めたら二千五百円以上《いじょう》あると思うけど、夏休みにお祭《まつ》りで使《つか》う予定《よてい》だったんだよなぁ。

お母《かあ》さんに言ったらお金を出してくれるかな。でも真《ま》っ先《さき》に怒《おこ》られる気《き》がする。

担任《たんにん》の中村《なかむら》先生に言っても同じだ。前に「はるかぜ号《ごう》の本を粗末《そまつ》にあつかったら、もう貸《か》してもらえなくなるからね！」と注意《ちゅうい》してるのを聞いたことがある。それに、これがきっかけではるかぜ号《ごう》の本が借《か》りられなくなったら、クラスの本好《ほんず》きな人たちにも文句《もんく》を言われると思う。

蒼空《そら》はキョロキョロとまわりを見て、そして小さな声で言った。

「なぁ、悠《ゆう》。誰《だれ》にも見られてないし、このまま返《かえ》してもバレなくない？」

その提案《ていあん》におどろく。でもやぶれた箇所《かしょ》を合わせて目立たなくしようとしている手が少し震《ふる》えているから、こいつなりにあせっているんだとわかった。

おれはうなずいて、机《つくえ》の中からセロハンテープを取《と》り出す。

「……たしかに。でもせめてテープでくっつけとこうぜ」

「賛成《さんせい》。ていうか、はるかぜ号《ごう》のおばちゃんだって一ページ一ページ確認《かくにん》しないだろ。くっついてれば気づかないよな」

セロハンテープを細く切って、やぶけた箇所《かしょ》に貼《は》る。十センチくらいの線がテカテカと光って逆《ぎゃく》に目立つような気もしたけど、そのまま本を閉《と》じた。

おれたちの学校は各《かく》学年二クラスずつあって、それぞれが五十冊《ごじゅっさつ》ずつ借《か》りているとしても……ええと、十二×五十だ。筆算《ひっさん》で計算すると六百。さすがにその数の本の全部《ぜんぶ》のページをいちいち見ているはずがない。

近くに誰《だれ》もいないうちに、すばやく本をはるかぜ号専用《ごうせんよう》のカゴに戻《もど》す。

「親にも、先生にも、ほかの誰《だれ》にも言うなよ。二人だけの秘密《ひみつ》だからな」

「わかった。お前こそ、裏切《うらぎ》るなよ」

顔を見合わせてうなずく。お互《たが》いに秘密《ひみつ》を守《まも》れば平気《へいき》なはずだ。

あの本はもともとボロかったし、ほかにもヨレヨレになっているページがあるし、テープでちゃんとくっつけたし。

頭の中でいろいろな『大丈夫《だいじょうぶ》』を並《なら》べて自分を安心《あんしん》させた。

……そして、それから三日後の昼休み。予定《よてい》通りの時間にはるかぜ号《ごう》はやってきた。

図書係《がかり》の人は冊数《さっすう》だけをチェックしてカゴを運《はこ》んでいく。おれたちは目だけで合図をして、その後ろをこっそりと追《お》いかけた。

昇降口《しょうこうぐち》の外に停《と》まっているバスの前で、メガネをかけたはるかぜ号《ごう》のおばちゃんがノートパソコンで本のバーコードを読みこんでいく。ピッピッと、お店のレジみたいな音が響《ひび》く。それと同じくらいの速《はや》さで、おれの心臓《しんぞう》もバクバク鳴った。

「はい、五十冊《ごじゅっさつ》ちゃんとあります」

おばちゃんはそう言って、カゴをバスへと運《はこ》んでいった。

「……セーフ、だよな？」

「うん。てかやっぱり中身《なかみ》なんて見ないんじゃない？」

「カゴのままバスに乗《の》せちゃったしな。ここでチェックするかと思ってビビっちゃったよ」

五時間目がはじまる頃《ころ》、はるかぜ号《ごう》が校門を出ていくのが窓《まど》から見えた。

ホッとしながら授業《じゅぎょう》の準備《じゅんび》をする。だけど胸《むね》のあたりがずっしりと重《おも》いような気がして、それは次《つぎ》の日も、学校が休みの土曜日だって変《か》わらなかった。

——夏休みに入って一週間。

さっぱりしたそうめんくらいしか食べられなくて、具合《ぐあい》が悪《わる》いのかとお母《かあ》さんに心配《しんぱい》された。

(どこも痛《いた》くないし、熱《ねつ》だってないのに……なんだろう、この気持《きも》ち)

たくさんある宿題《しゅくだい》も手につかない。

蒼空《そら》から連絡《れんらく》がきたのはそんなタイミングだった。

【あの本どうなったか、図書館《としょかん》に見に行ってみない？】

冷《ひ》やかしで行くつもりなのかと思ったけど、待《ま》ち合《あ》わせ場所《ばしょ》の公園にやってきた蒼空《そら》はなんだか元気がなかった。聞けば、おれと同じでずっとモヤモヤしていたらしい。

「ちゃんと本棚《ほんだな》に戻《もど》ってるってわかれば、スッキリすると思うんだよなぁ」

たしかに、あの本が図書館《としょかん》の棚《たな》にあれば胸《むね》のつかえが取《と》れるかもしれない。

二十分くらい自転車《じてんしゃ》を漕《こ》いでたどり着《つ》いた図書館《としょかん》に入ると、学校とも本屋《ほんや》ともちがうようなにおいがした。うまく言えないけど『図書館《としょかん》』って感《かん》じだ。

館内《かんない》の案内図《あんないず》を確認《かくにん》して児童書《じどうしょ》のフロアに行く。目立つところに自由研究《じゆうけんきゅう》の本がまとめられたコーナーがあった。でも、はしっこから探《さが》しても『すぐできる自由研究《じゆうけんきゅう》』は見つからない。

「……なくね?」

「うん。もしかして、バレたとか?」

「怖《こわ》いこと言うなよ。もしかして大人《おとな》の本に交じってるとか……」

小声で話しながらうろうろしていると、エプロンをした女の人と目が合った。

「こんにちは。なにか探《さが》してるの？」

おれのお母《かあ》さんくらいの歳《とし》の女の人がやさしい声でそう言ってこっちに歩いてきた。

エプロンには図書館《としょかん》の名前が入っている。

「この人に聞いたほうが早くね？」「でも大丈夫《だいじょうぶ》かな」「はるかぜ号《ごう》のおばちゃんに聞くわけじゃないし、平気《へいき》でしょ」小声ですばやく相談《そうだん》して、おれが代表《だいひょう》して口を開《ひら》いた。

「『すぐできる自由研究《じゆうけんきゅう》』っていう本なんですけど……」

女の人は軽《かる》くうなずいて、カウンターの中に入っていった。おれたちがその後ろをついていくと、すぐ戻《もど》ってきて「はるかぜ号《ごう》の本だったのね」と言った。

ついてきて、と言われていやな予感《よかん》がした。でも今さら「やっぱりなんでもない」なんて言えない。やってきたのは、『移動文庫準備室《いどうぶんこじゅんびしつ》』と書かれたとびらの前だった。

女の人がコンコン、とノックをする。

ドアが開《ひら》いて、メガネをかけたおばちゃんが出てきた。

まずい、はるかぜ号《ごう》のおばちゃんだ！　そう気づいて体が勝手《かって》にビクッと跳《は》ねる。

おれはとっさにうつむいて、蒼空《そら》は後ろを向《む》いた。

(あれ？　でもおばちゃん、おれたちのこと知ってるかな？)

だって学校にはたくさんの人がいるし、市のほかの学校にも行ってるわけだし。そもそもおれはおばちゃんとしゃべったことがないんだから、顔を見たって気づかれるはずないよな。そう思っておそるおそる顔を上げた、そのとき。

「あら。あなたたち、春山二小《はるやまにしょう》の子よね？」

おばちゃんはおれたちの顔を見てそう言った。

「へっ、わかるの？」

びっくりしているとおばちゃんは目の横《よこ》のシワを深《ふか》くした。

「わかるわよ、もう何年もあなたたちの学校に行ってるんだもの。それにそっちのあなたは、三年生の真海《まりん》ちゃんのお兄《にい》ちゃんよね？」

蒼空《そら》はロボットみたいにゆっくりとふり返《かえ》ってうなずいた。真海《まりん》ちゃんは蒼空《そら》の妹で、どうやら図書係《がかり》だったらしい。はるかぜ号《ごう》のおばちゃんと知り合いなのも納得《なっとく》だ。

入って、と言われたから、おれたちは無言《むごん》で部屋《へや》に足を踏《ふ》み入れた。狭《せま》い空間にずらっと本棚《ほんだな》が並《なら》んでいておどろく。壁《かべ》も全部《ぜんぶ》本棚《ほんだな》になっていて、どこを向《む》いても本が目に入った。

「ふつうの利用者《りようしゃ》さんは入れない、秘密《ひみつ》の部屋《へや》よ。はるかぜ号《ごう》の本は普段《ふだん》はここにしまってるの」

はるかぜ号《ごう》の本は、専用《せんよう》の部屋《へや》の本棚《ほんだな》に置《お》いてあったのか。二人でいくら館内《かんない》を探《さが》しても見つからないわけだ。

「お兄《にい》ちゃんが友だちと来るなんてめずらしいわね。宿題《しゅくだい》？ 感想文《かんそうぶん》か自由研究《じゆうけんきゅう》の本でも借《か》りにきたのかしら？」

「この子たち、じつはこの本探《さが》してて。返却《へんきゃく》にはなってるんですけど」

「どれどれ」

おばちゃんはメガネを上にずらして女の人から渡《わた》された紙を見た。そして、

「あぁ。五年一組に貸《か》し出してた自由研究《じゆうけんきゅう》の本ね」

と言った。ドッドッドッ、と心臓《しんぞう》の音が速《はや》くなっていくのがわかる。

先に案内《あんない》してくれた女の人がカウンターに戻《もど》ってしまって、部屋《へや》の中にはおれと蒼空《そら》とおばちゃんの三人だけになった。おれたちの目の前に立ったおばちゃんのメガネのレンズがぎらっと光る。おばちゃんはおれと同じくらいの身長《しんちょう》しかないのに、やけに威圧《いあつ》感《かん》がある。おれたちがなんであの本を探《さが》しているのか、全部《ぜんぶ》お見通しなんじゃないかと思った。

胸《むね》のあたりがつかえてる感《かん》じが治《なお》らない。

それどころか、石を次々《つぎつぎ》と放《ほう》りこまれているみたいに、どんどん重《おも》くなっていく。

「あの本ね、修理《しゅうり》の棚《たな》にあるわ。大事《だいじ》に使《つか》ってたんだけどやぶれちゃってね」

「！」

少し悲《かな》しそうなおばちゃんの表情《ひょうじょう》を見て、息《いき》がつまったような感《かん》じがした。

……蒼空《そら》は、本をやぶいてバレないように直したのを『二人だけの秘密《ひみつ》』だと言っていた。

でも、この小さな秘密《ひみつ》をもっている限《かぎ》り、おれの胸《むね》は毎日毎日重《おも》くなって、いつか腹《はら》までできて。六年生になっても中学生になっても、ふとしたときに思い出して苦《くる》しくなるんじゃないかって不安《ふあん》になったんだ。

きっとこの世界《せかい》には、もっと大変《たいへん》な秘密《ひみつ》を抱《かか》えている人がたくさんいると思う。そういう人たちの秘密《ひみつ》とくらべたらささいなことなんだろうけど、でも。

おれが蒼空《そら》のほうを見ると、蒼空《そら》も同じようにこっちを見ていた。裏切《うらぎ》ってごめん。心の中であやまりながらおばちゃんに向《む》き直る。おれは大きく息《いき》を吸《す》った。

「……あれ、やぶいたのおれです……」

勇気《ゆうき》を出してそう言うと、蒼空《そら》も、

「お、おれも一緒《いっしょ》にやぶきました」

と、すぐに言った。その声は震《ふる》えていて、なんだか泣《な》きそうだ。

頭がよくて、ちょっとずるくて、男子のリーダーっぽい蒼空《そら》。秘密《ひみつ》を勝手《かって》に打《う》ち明けてしまったら怒《おこ》るかと思ったけれど、同じ気持《きも》ちだったのかもしれないとわかって、どこかホッとしている自分がいた。

(きっと怒《おこ》られるだろうな……)

弁償《べんしょう》することになったら、夏祭《なつまつ》りで遊《あそ》ぶのはあきらめよう。ほしいものもしばらくガマンだ。覚悟《かくご》してくちびるをぎゅっと噛《か》んだけれど。

「ああ、そうだったの」

おばちゃんはなんでもないように言って、そして部屋《へや》の奥《おく》の棚《たな》から『すぐできる自由《じゆう》研究《けんきゅう》』を持《も》ってきた。

「もしかして、セロハンテープ貼《は》ったのあなたたち?」

「っ、は、はい」

「そう……」

パラパラと本をめくって、おれたちがやぶいたページを開《ひら》く。上から真《ま》ん中《なか》にかけて十センチくらいの長さのセロハンテープを貼《は》ってくっつけた……はずだった。

「……あれ?」

でも、おれたちが貼《は》ったはずのセロハンテープは見当たらなくて、かといってそのままやぶけているわけでもない。近づいてよく見てみると、うっすらと線があることに気づいた。間違《まちが》いない、おれたちがやぶいたのはここだ。

「さわってみてもいいわよ」

おばちゃんがちょっぴり楽しそうに言う。おそるおそるさわると、線は少しぽこっとしているけどたしかにくっついている。頭の上に『?』が浮《う》かんで、蒼空《そら》も首をかしげていた。

「本を直す用のノリがあってね。それでくっつけたのよ。目立たないでしょう?」

「ノリ? それでこんなにピッタリ合わさるの?」

「それはおばちゃんの腕《うで》よ。もう何年もやってるんだもの」

机《つくえ》の上には白いボンドのような液体《えきたい》が入ったビンと、割り箸《わばし》よりも細い木の棒《ぼう》が置《お》いてあった。その横《よこ》にはテープやクリップ、ハサミや色鉛筆《いろえんぴつ》なんかが散《ち》らばっている。

「セロハンテープはね、時間がたつと黄色くなったりベタベタしたりするでしょ? だから本を直すときはセロハンテープは使《つか》わないの。色が変《か》わらない、専用《せんよう》のテープもあるのよ」

その言葉《ことば》を聞いて、おれは教室の壁《かべ》に貼《は》ってあるポスターを思い出した。けっこう前から貼《は》ってあるらしい給食《きゅうしょく》の栄養《えいよう》についての表《ひょう》は、セロハンテープのところが茶色と黄色の中間のような色になっている。

「じゃあ、おれたちが貼《は》ったテープはおばちゃんが剥《は》がしたの？」

「そうよ。シール剥《は》がしを使《つか》ってね」

こんなにきれいに剥《は》がれるんだなとおどろいていると、蒼空《そら》はおれの脇腹《わきばら》をひじでつついてきた。

横《よこ》を見ると「弁償《べんしょう》はどうなるんだろう」と、おれにしか聞こえない声で言う。

そうだ。おれは本を弁償《べんしょう》する覚悟《かくご》で打《う》ち明けたけど、やぶけたところは直ってしまっている。

「でも、直ってるし」「じゃあ平気《へいき》ってこと？」「聞いてみる？」「悠《ゆう》が聞いてよ」コソコソと話していると、おばちゃんは心配《しんぱい》そうな顔で口を開《ひら》いた。

「あなたたち、一学期《いちがっき》からずっとこの本のこと気にして、今日《きょう》ここに来たの？」

なんだか申《もう》し訳《わけ》なさそうに言うから、一度《いちど》ホッとした気持《きも》ちにまた不安《ふあん》が戻《もど》ってくる。悪《わる》いのはおれたちなのに、どうしておばちゃんがそんな顔をするんだろう。

「え。まぁ、うん。なんか、ずっと気になってて」

しどろもどろになりながら返事《へんじ》をすると、おばちゃんはおれたちの顔を交互《こうご》に見た。

そして、眉《まゆ》じりを下げたままやさしくほほえむ。

「そうね、気になっていたなら胸《むね》がモヤモヤしたでしょ。……でもね、図書館《としょかん》の本をこわしても、悪《わる》いって思わない人がたくさんいるのよ。子どもでも、大人《おとな》でもね。だからおばちゃん、あなたたちの気持《きも》ちにびっくりしちゃった」

あなたたち、心がやさしいのね。

そう言われて、一気にいろいろな気持《きも》ちがあふれてきた。

やさしいなんて言われたことがないから胸《むね》のあたりがむずがゆい。

でも、やさしくなんてないよ。だっておれたちは今、お金のことを心配《しんぱい》してたんだから。それに、いくらちゃんとあやまったって『やぶいたことをかくそうとした』事実《じじつ》は消《き》えないからすんなりよろこべない。照《て》れくさくて苦《くる》しい、ぐちゃぐちゃな気持《きも》ちになった。

「「ごめんなさい」」

二人で声がかぶった。そして正直に「弁償《べんしょう》しなくていいんですか」とたずねる。おばちゃんはメガネの奥《おく》の目を大きくして、それからクスッと笑《わら》った。

「弁償《べんしょう》のことまで考えてたの？　ふふ、それで不安《ふあん》だったのね」

笑《わら》われて顔が熱《あつ》くなる。蒼空《そら》のほっぺは少し赤くなっていた。

「……じつはね、はるかぜ号《ごう》の本は、こわしたり失《な》くしたりしてもみんなに弁償《べんしょう》はしてもらわないことになってるの」

「え？　そうなの？」

まさかの言葉《ことば》に今度《こんど》はおれたちが目を見開《みひら》く。

「だってあなたたちの二小だけじゃなくて、たくさんの学校に持《も》っていって、たくさんの人が読むでしょ？　ぼろぼろになるのは仕方《しかた》ないのよ。おばちゃんにとってはるかぜ号《ごう》の本は自分の子どもみたいに大切なものだし、本を買うお金も限《かぎ》られてるから、できるだけ長く使《つか》えるように傷《きず》ついても頑張《がんば》って直すけどね」

右腕《みぎうで》で力こぶを作るマネをしたおばちゃん。その手にはシワがあって、紺色《こんいろ》のエプロンにはボンドや絵《え》の具《ぐ》がたくさんついている。

おれたちが生まれる前からあったような古い本を、おれたちが読めるように何度《なんど》も何《なん》度《ど》も直している。それってまるで魔法《まほう》みたいだ。おばちゃんがこの部屋《へや》にある本をすごく大切にしているんだってわかった。

「よかった。もうはるかぜ号《ごう》が本を貸《か》してくれなくなったらどうしようって不安《ふあん》だったんだよね」

蒼空《そら》がふーっと息《いき》をはく。妹の真海《まりん》ちゃんのためかな。でも、怒《おこ》られなかったからって全部《ぜんぶ》なかったことにするのはちがうような気がする。

「……おれ、学校がはじまったらクラスのみんなに言うよ。本をやぶっても、セロハンテープつけちゃダメだって」

そう言ったら、おばちゃんは「ありがとう、助《たす》かるわ」とうれしそうな顔をした。

——残《のこ》りの夏休みでおれと蒼空《そら》は図書館《としょかん》に通って、おばちゃんが本を直す様子《ようす》や図書《としょ》館《かん》のしくみを模造紙《もぞうし》にまとめて自由研究《じゆうけんきゅう》にした。賞《しょう》はとれなかったけれど、その模造紙《もぞうし》ははるかぜ号《ごう》の中に貼《は》られることになった。

【本がやぶけたりページがとれたりしたら、勝手《かって》に直さないでそのまま図書館《としょかん》の人に言ってください】

まとめのところに目立つように大きく書いたそのメッセージは、けっこう役《やく》に立っているらしい。

「お前ら、なんで急《きゅう》に図書館《としょかん》のこと調《しら》べたの？　ふだん本とか読まないじゃん」

はるかぜ号《ごう》の巡回日《じゅんかいび》。遊《あそ》びに行ったバスの中でクラスのやつに言われて、蒼空《そら》と顔を見合わせる。

「そんなことないよ。なぁ？」

「うん。図書館《としょかん》だって好《す》きだし」

おれたちの会話を聞いて、おばちゃんがクスッと笑《わら》ったのが見えた。

本当のきっかけは、おれたちとおばちゃん、三人だけの秘密《ひみつ》だ。

※図書館資料《としょかんしりょう》の弁償《べんしょう》についての対応《たいおう》は、各館《かくかん》によってことなります。
それぞれのルールにしたがってください。

うずら

四月猫あらし

小学生最後《さいご》の夏休み。その初日《しょにち》に、あたしは小学校のとなりにある公園に向《む》かった。今日《きょう》から工事《こうじ》がはじまると聞いていたからだ。

錆《さ》びた遊具《ゆうぐ》がわずかにあるだけの小さな公園。大きな木が鬱蒼《うっそう》としげっているせいで、昼間でも薄暗《うすぐら》くて、そのせいか、利用《りよう》する人はほとんどいなかった。

公園に着《つ》くと、もう工事《こうじ》ははじまっている。道路《どうろ》には、資材《しざい》をのせたトラックが停《と》まり、工事現場《こうじげんば》でよく見かけるオレンジ色のフェンスが入口をふさいでいた。公園の中には小型《こがた》のショベルカーも停《と》まっている。

フェンスの金網《かなあみ》にもたれるようにして、工事《こうじ》の様子《ようす》を見るともなく見ていると、

「よっ、藍那《あいな》」

声がした。ふり向《む》くと海琉《かいる》が立っている。

「来たんだ」

あたしが言うと、

「なんか気になっちゃって」

海琉《かいる》はそう言って、公園の奥《おく》のしげみへと視線《しせん》を向《む》けた。

「二人とも現場《げんば》に来ちゃうって、まじ、共犯《きょうはん》っぽ」

海琉《かいる》の言葉《ことば》に、あたしはどきっとする。そう、あたしたちが今日《きょう》ここに来てしまったのはきっと、〈犯罪者《はんざいしゃ》は現場《げんば》に戻《もど》る〉というあれなのだ。

この公園は、海琉《かいる》とあたしの秘密《ひみつ》が眠《ねむ》る場所《ばしょ》。

あたしたちをつなぐ仄暗《ほのぐら》いきずなが、しげみの裏《うら》にひっそりと埋《う》まっている——。

⚜

去年《きょねん》の夏休み、海琉《かいる》とあたしは、同じ週のうずら当番だった。夏休みのあいだ、学校で飼《か》っているうずらの世話《せわ》を、五年生が一週間交代《こうたい》でおこなうのがうずら当番だ。五年一組からひとり、二組からひとりの、ペアで当番を務《つと》める。

クラスはちがったけれど、あたしは前から海琉《かいる》のことを知っていた。まだまだ幼稚《ようち》な言動《げんどう》ばかりのほかの男子とくらべて、どこか大人《おとな》びた様子《ようす》があたしの気をひいた。

笑《わら》うときの少しはにかんだような表情《ひょうじょう》。手をポケットに突《つ》っこんだまま、一足ひとあし宙《ちゅう》を蹴《け》るようにして階段《かいだん》を下りる仕草《しぐさ》。仲間《なかま》に囲《かこ》まれていても、どことなく一歩下がって全体《ぜんたい》をながめているように見える表情《ひょうじょう》。ときおり見かける、そんな様子《ようす》にひかれるものがあって、いつの間にかあたしの目は、海琉《かいる》の姿《すがた》を追《お》いかけるようになっていた。だから、海琉《かいる》と同じうずら当番になったと知ったときはうれしかった。

実際《じっさい》にうずら当番がはじまってみると、あたしたちはけっこう気が合った。じきに当番の仕事《しごと》を終《お》わらせてからも、お昼近くまで校庭《こうてい》でおしゃべりするようになった。とはいえ、海琉《かいる》とあたしは、べつに特別《とくべつ》な仲《なか》になったというわけじゃない。夏休みでお互《たが》い、暇《ひま》をもてあましていたのだ。

当番が終《お》わってしまえばきっと〈少し話したことがあるとなりのクラスの人〉という立場に戻《もど》ってしまうのだろう。当番の最後《さいご》の日、そんなことを考えながら学校へ向《む》かうあたしの足取《あしど》りは重《おも》かった。

校門に着《つ》くと、海琉《かいる》がすでに待《ま》っていた。

「わー、すごーい、海琉《かいる》が先に来てる！」

わざと軽《かる》い調子《ちょうし》でおどろいてみせる。海琉《かいる》は何回か寝坊《ねぼう》したことがあるからだ。

「いやいや、遅刻《ちこく》は三回だけじゃん」

「七分の三といいますと、そこそこ確率《かくりつ》は高いのではないかと……」

「確率《かくりつ》にまどわされているようじゃ、真実《しんじつ》なんて見えんくない？」

海琉《かいる》はすました顔でそう言うと、学校の中に入っていった。

「おはようございます、うずら当番に来ましたぁ」

玄関《げんかん》わきの用務員室《ようむいんしつ》に声をかけると、用務員《ようむいん》のおじさんが、うずら小屋《ごや》の鍵《かぎ》を渡《わた》してくれる。あたしたちは、鍵《かぎ》を持《も》って校庭《こうてい》の隅《すみ》にあるうずら小屋《ごや》へ向《む》かった。

うずら小屋《ごや》は子どもなら三、四人が入れるくらい大きな屋根《やね》つきの鳥小屋《とりごや》だ。背面《はいめん》だけは板張《いたば》りで、あとは全面《ぜんめん》こまかい金網《かなあみ》張《ば》りになっている。右手には木製《もくせい》の巣箱《すばこ》、左手には餌箱《えさばこ》と水入れがある。うずらは、地域《ちいき》の人が寄付《きふ》してくれたと聞いた。最初《さいしょ》は五羽いたらしいけど、あたしが気づいたときにはもう一羽しかいなかった。

残《のこ》った一羽の名前はウズだ。誰《だれ》がつけたのか知らないけど、うずらの「ウズ」。単純《たんじゅん》過《す》ぎるけど、響《ひび》きが可愛《かわい》くて、あたしは好《す》きだ。

「暑《あつ》いっス」

Tシャツのすそをばたばたさせている海琉《かいる》の横《よこ》で、あたしはうずら小屋《ごや》の扉《とびら》にぶらさがる小さな南京錠《なんきんじょう》を開《あ》ける。

いつもならあたしたちがやってくると、落《お》ち着《つ》かなげに小屋《こや》の中を歩き回っているウズの姿《すがた》が、今日《きょう》は見えない。

「ウズー、おーはよー」

声をかけたけれど、小屋《こや》の中《なか》はしんとしている。海琉《かいる》とあたしは顔を見合わせると、あわてて巣箱《すばこ》のふたを開《あ》けて、中を見る。巣箱《すばこ》も空っぽだ。

いったいどこだろう。あらためてあたりを見まわしたとき、

「いた!」

海琉《かいる》が声をあげた。海琉《かいる》の視線《しせん》をたどる。餌箱《えさばこ》と金網《かなあみ》のすきまにはさまるようにし

て、薄茶色《うすちゃいろ》の羽が見えた。

見つかったことにほっとして、しゃがんで手を伸《の》ばす。

「隠《かく》れてるの？　なんか怖《こわ》いことでもあったの？」

これまでウズは、どんなにさわろうとしても絶対《ぜったい》にさわらせてくれなかった。手《て》を伸《の》ばしても、寸前《すんぜん》のところでするっと逃《に》げてしまうのだ。そのウズの羽に指先《ゆびさき》がふれる。

思いきって両手《りょうて》ですくい上げると、海琉《かいる》が横《よこ》からのぞきこむ。

「どうしたの？　ウズ、寝《ね》てるの？」

あたしはウズの身体《からだ》を軽《かる》く揺《ゆ》さぶる。ウズの羽は手のひらにふんわりとして、柔《やわ》らかい。でも羽の下の身体《からだ》は、硬《かた》く縮《ちぢ》こまっている感触《かんしょく》があった。薄《うす》いまぶたは閉《と》じられたまま、小さな恐竜《きょうりゅう》のような脚《あし》はだらりと伸《の》びて動《うご》かない。

海琉《かいる》が小さくつぶやく。

「これ、まさか……」

あたしは胸《むね》の中にわき上がる疑《うたが》いをふりはらう。そんなはずない。昨日《きのう》まで元気だったウズが死《し》ぬなんて、まさかありえない。でも。

ふと横《よこ》の水入れを見て、血《ち》の気《け》が引く。空だった。水入れはあたしの担当《たんとう》だ。昨日《きのう》あたしはちゃんと水を入れた……のだろうか？　思い出せない。

「水が……」

あたしのかすれた声を聞くと、海琉《かいる》はさっと水入れに目をやった。

「あたしのせいだ、あたしが昨日《きのう》水を入れるのを忘《わす》れたから」

あたしは懸命《けんめい》にウズをさする。

「ウズ、起《お》きて、お願《ねが》い。お願《ねが》い、起《お》きて……」

けれども、手の上で、ウズの身体《からだ》は硬《かた》くこわばったままだった。あたしはそれ以上《いじょう》、声が出なくなった。かわりにぼたぼたっと涙《なみだ》が落《お》ちた。

海琉《かいる》がそっとウズに手を伸《の》ばす。指先《ゆびさき》で茶色の羽の表面《ひょうめん》をおそるおそるなでる。それから羽の下の動《うご》かない身体《からだ》を感《かん》じとったのか、ぱっと手を引っこめた。

しばらく海琉《かいる》は真《ま》っ青《さお》な顔でじっとウズを見つめていたけれど、ようやく言葉《ことば》をしぼり出すようにして言った。

「おれも最後《さいご》にちゃんと確認《かくにん》しなかった。藍那《あいな》だけのせいじゃない。おれも同罪《どうざい》だ」

同罪《どうざい》。あたしはその言葉《ことば》を聞いて、いっそう涙《なみだ》が出てきた。あたしたちは罪《つみ》を犯《おか》したんだと思《おも》ったから。ウズを死《し》なせた罪《つみ》。

ウズを捧《ささ》げるように両手《りょうて》に持《も》ったまま、あたしは泣《な》いて、泣《な》いて、海琉《かいる》はただ立ちつくしていた。

しばらくして、海琉《かいる》の口からぽつりと言葉《ことば》がこぼれた。

「……証拠隠滅《しょうこいんめつ》……」

はっとして海琉《かいる》の顔を見る。その顔には見たこともないような表情《ひょうじょう》が浮《う》かんでいる。

「証拠隠滅《しょうこいんめつ》しよう。ウズは逃《に》げたんだ。おれたちが来たときには、もういなかった」

あたしの目をのぞきこむ。

「いい?」

海琉《かいる》があたしの耳に口を寄《よ》せるようにして言うと、あたしの耳たぶは、海琉《かいる》の発《はっ》した音に共鳴《きょうめい》して震《ふる》える。どうして、と問《と》いかけようとして海琉《かいる》を見ると、沈《しず》んだ黒い瞳《ひとみ》に吸《す》いこまれそうになる。あたしはふいに理解《りかい》する。

そうだ。水やりを忘《わす》れて死《し》なせてしまうより、鍵《かぎ》をかけ忘《わす》れて、逃《に》がしてしまったほうが、ずっとましだ。

あたしは思わずうなずいていた。ウズはまだ死《し》んでない。ただ逃《に》げただけ。そう思いこもうとする気持《きも》ちが、胸《むね》をぎゅっと締《し》めつける。

「でもどうやって」

「となりの公園に埋《う》めよう」

海琉《かいる》の言葉《ことば》に、あたしたちは同時にフェンス越《ご》しに見える公園をふり返《かえ》る。薄暗《うすぐら》い公園に人の姿《すがた》はない。

海琉《かいる》は自分のバックパックの中から、小さな紙袋《かみぶくろ》を取《と》り出した。

「この前使《つか》って、入れっぱなしだったやつ」

海琉《かいる》が広げた紙袋《かみぶくろ》の底《そこ》に、ウズを横《よこ》たえると、ウズはいっそう小さく哀《あわ》れに見えて、また涙《なみだ》が出てきた。海琉《かいる》があたしの手を取《と》る。ぎゅっとにぎる海琉《かいる》の手は熱《あつ》い。

「大丈夫《だいじょうぶ》」

海琉《かいる》の低《ひく》い声。なんにも大丈夫《だいじょうぶ》じゃない。

でもあたしたちは、ひとりじゃなかった。

汗《あせ》ばむ熱《あつ》い手に引《ひ》っ張《ぱ》られるようにして、裏門《うらもん》から外へ出る。世界《せかい》にはたった二人しかいなくなったみたいに、誰《だれ》もいなかった。公園に入って、しげみの奥《おく》へしゃがみこむ。学校から持《も》ってきた小さなスコップで穴《あな》を掘《ほ》り、お墓《はか》を作った。それから学校に戻《もど》ると、うずらが逃《に》げたと職員室《しょくいんしつ》に報告《ほうこく》した。

その日、学校にいた先生たちも出てきて、みんなで周辺《しゅうへん》を捜《さが》した。

道路《どうろ》わきのしげみをのぞきこむふりをしながら、

「こんなことしても、ムダなのに」

海琉《かいる》があたしだけに聞こえるようにしてつぶやく。しっ、とあたしがくちびるに人差《ひとさ》し指《ゆび》を当てると、海琉《かいる》が手を伸《の》ばして、あたしの人差《ひとさ》し指《ゆび》をぎゅっとにぎる。それは、あたしと海琉《かいる》の連帯《れんたい》のしるしみたいに思えた。

お昼過《す》ぎに捜索《そうさく》は打《う》ちきりとなり、小屋《こや》のまわりに餌《えさ》をまいて、戻《もど》ってくるのを待《ま》つことになった。

学校からの帰り道、海琉《かいる》がつぶやく。

「……共犯者《きょうはんしゃ》だよな、おれたち」

そう、あの日あたしたちは、同じ罪《つみ》を背負《せお》った共犯者《きょうはんしゃ》となったのだ。


ばん、という音で我《われ》に返《かえ》る。見ると、ショベルカーに乗《の》りこんだおじさんがドアを閉《し》めたところだ。白い矢のような夏の日差《ひざ》しが降《ふ》りそそぐ中、エンジンがかかる。ショベルカーの車体はがたがたと揺《ゆ》れながら、公園の奥《おく》のしげみに近づいていく。小石まじりの地面《じめん》を、キャタピラがざりざりと踏《ふ》む。白っぽい砂煙《すなけむり》があたりにただよう。

がしょがしょと動《うご》いていたショベルカーは、しげみの前で停《と》まった。それまでのぎこちない動《うご》きとはうってかわって、なめらかにアームをふり上げる。それから公園のへりにそって、シャベルをつき立てた。ざくざくと、まるで砂場《すなば》の砂《すな》をすくうように、やすやすとしげみごと土を持《も》ち上げる。

あたしは急《きゅう》に怖《こわ》くなる。

隠《かく》しておきたいものが、ぎらぎらとした太陽《たいよう》の下に暴《あば》き出されたら。秘密《ひみつ》が秘密《ひみつ》でなくなったとき、あたしと海琉《かいる》は——。

「あー」

海琉《かいる》が急《きゅう》に声を出したので、どきりとする。

「……なに？」

海琉《かいる》はなにを見たのだろう。あたしは緊張《きんちょう》して海琉《かいる》の言葉《ことば》に耳を澄《す》ませる。

「あのとき、けっこう地面《じめん》、硬《かた》かったじゃん？」

「うん」

乾燥《かんそう》した土は、まるで誰《だれ》かが、あたしたちに意地悪《いじわる》をしようと決心《けっしん》しているみたいに硬《かた》かった。あたしたちは小さなスコップを手に、見えない敵《てき》と戦《たたか》うようにして穴《あな》を掘《ほ》ったのだ。

「だろ？　なのに、あんなにかんたんにさー。やっぱ重機《じゅうき》はすげぇな」

海琉《かいる》は魅入《みい》られたようにショベルカーの動《うご》きを見つめている。なにかを見つけたわけじゃない様子《ようす》に、あたしはほっとする。

本当は、今すぐにでも、ここから海琉《かいる》を連《つ》れて立ち去《さ》りたかった。それでも、あたしはそこから動《うご》かなかった。

これは賭《か》けだ。秘密《ひみつ》が完全《かんぜん》に葬《ほうむ》られるのをこの目で見届《みとど》ける。それをたしかめることができたら、あたしの勝《か》ち。もし負《ま》けるようなことがあれば、あたしと海琉《かいる》はおしまい。

あたしは黙《だま》りこくって、お墓《はか》のあったしげみ一帯《いったい》が、すっかり掘《ほ》りおこされるのを見ていた。

蝉《せみ》の声がわしゃわしゃと頭上から降《ふ》ってくる。もうすぐ死《し》ぬのがわかってるから、あんなに必死《ひっし》なんだ。そう思うと、うっとうしい鳴き声にも少し同情《どうじょう》できる。

あのときも蝉《せみ》の鳴き声がすごかった。うずらを埋《う》めに公園へ向《む》かったあの日も。


あの日、蝉《せみ》しぐれの中、あたしたちは地面《じめん》にしゃがみこんで、汗《あせ》がしたたるのもかまわず穴《あな》を掘《ほ》った。掘《ほ》った穴《あな》の底《そこ》に、ウズの入った紙袋《かみぶくろ》を横《よこ》たえて。

お墓《はか》の上にのせる大きめの石が公園の中になかったので、海琉《かいる》は外へ探《さが》しにいくと言って、公園を出ていった。そのあいだ、あたしはお墓《はか》に入れる花をひとりで摘《つ》んでいた。

あちこちに咲《さ》いていた小さな野草の花を束《たば》ねて、紙袋《かみぶくろ》の上にそっと置《お》く。

——ごめんね。

心の中でつぶやいたときだった。

がさり

音がした。心臓《しんぞう》が跳《は》ね上がる。

なんの音？

気づくと、穴《あな》の中で紙袋《かみぶくろ》がごそごそと動《うご》いている。全身《ぜんしん》の毛がぞっとさかだって、声も出ない。そのとき、紙袋《かみぶくろ》の口から、ウズがひょいと顔を出した。

ウズ？　生き返《かえ》った!?

おどろきのあまり呆然《ぼうぜん》としていると、ウズはするっと袋《ふくろ》から抜《ぬ》け出て、穴《あな》のふちに立った。つかまえようと、反射的《はんしゃてき》に手を伸《の》ばす。ウズは小さな真《ま》っ黒《くろ》い目できろっとあたしを見ると、二、三歩走った。追《お》いかけようとすると、小石に足をとられて倒《たお》れる。

その瞬間《しゅんかん》、ウズはぱっとジャンプすると、羽を広げて飛《と》んだ。その姿《すがた》は公園の木々を軽々《かるがる》と越《こ》え、あっという間に空の彼方《かなた》へと消《き》えていった。

うずらって飛《と》ぶんだ――。

最初《さいしょ》に思ったのはそれだった。そういえば、うずらは渡《わた》り鳥だって、誰《だれ》かが言っていたっけ。

胸《むね》につかえていた罪悪感《ざいあくかん》がじわりとほどけていく。良《よ》かった、死《し》んでなかった。ほんとうに良《よ》かった。それからようやく、海琉《かいる》とあたしを結《むす》びつけていたきずな、それがウズとともに飛《と》び去《さ》ってしまったことに気づいた。

さっきまで、痛《いた》みをともなう罪《つみ》の意識《いしき》が、海琉《かいる》とあたしを強力に結《むす》びつけていた。あたしたちは共犯者《きょうはんしゃ》だった。でもウズがいなくなったら、あたしと海琉《かいる》は、明日《あした》から、ただのとなりのクラスの人。そんなの……。

――いやだ。

感情《かんじょう》が大きくうねる。さっきまであたしたちが共有《きょうゆう》していた、痛《いた》くて、苦《にが》い、ほかの誰《だれ》ともわかちあえない感情《かんじょう》。それが海琉《かいる》とあたしの関係《かんけい》を特別《とくべつ》にしていた。

これはそのへんに転《ころ》がってるような、アイとかコイなんかじゃない。それよりも、もっと強いなにか。それを失《うしな》いたくない。

――ウズは生き返《かえ》らなかった。あたしたちはウズを埋《う》めるんだ。

自分にそう言いきかせたとき、あたしは肩《かた》にかけている小さなポーチに、うさぎのキーホルダーがさがっていることに気づく。小さなぬいぐるみ。

少し小さいかも。いや、きっと袋《ふくろ》の外からなら、わからない。

あたりを見回して、海琉《かいる》の姿《すがた》がまだないのを確認《かくにん》する。

キーホルダーをはずそうとすると、指先《ゆびさき》が震《ふる》える。滑《すべ》ってうまくはずせない。

大きく深呼吸《しんこきゅう》する。指先《ゆびさき》に集中《しゅうちゅう》する。大丈夫《だいじょうぶ》。きっとできる。

かちっと音を立てて、ようやくキーホルダーがはずれる。うさぎを手早く紙袋《かみぶくろ》に入れると、穴《あな》の底《そこ》に戻《もど》す。まだ海琉《かいる》は戻《もど》ってこない。散《ち》らばってしまった花を拾《ひろ》い集《あつ》めて、紙袋《かみぶくろ》の上に散《ち》らす。最後《さいご》に点検《てんけん》するように穴《あな》の中を確認《かくにん》したけれど、不自然《ふしぜん》に見えるところはなかった。

海琉《かいる》が石を持《も》って戻《もど》ってきたときに目にしたのは、花をのせた紙袋《かみぶくろ》の上に、あたしが土をかけているところだった。なにも知らない海琉《かいる》は、石をわきに置《お》くと、一緒《いっしょ》に土をかけた――。

気がつくと、目の前のショベルカーは、いつの間にか止まっていた。休憩《きゅうけい》なのか、乗《の》っていたおじさんが、運転席《うんてんせき》から降《お》りてくる。お墓《はか》のあったしげみのあたりは、すっかり掘《ほ》り返《かえ》されていた。ぎらぎらとした太陽《たいよう》の下に、白っぽくさらされているのは、土くれ、小石、それにからみ合った植物《しょくぶつ》の根《ね》っこ。それだけだった。

あたしは賭《か》けに勝《か》ったのだ。

思わず安堵《あんど》のため息《いき》が出る。それを聞いて、海琉《かいる》が言う。

「大丈夫《だいじょうぶ》。これでおれたちの秘密《ひみつ》は、もう永遠《えいえん》に秘密《ひみつ》だ」

あたしは手を伸《の》ばして、海琉《かいる》の手をぎゅっとにぎる。

そう、永遠《えいえん》に秘密《ひみつ》。

でも、それはきみの秘密《ひみつ》じゃない。

——あたしの秘密《ひみつ》だ。

わたしのかわいい妹

宮下恵茉

部活《ぶかつ》の帰り道、となりを歩いていた光莉《ひかり》が急《きゅう》に立ち止まって言った。

「ねえ、綾乃《あやの》。これ、秘密《ひみつ》なんだけど」

そう言ってから、声を落《お》として続《つづ》けた。

「サッカー部《ぶ》の木崎《きざき》から、昨日《きのう》、メッセきたんだ。『明日《あした》の宿題《しゅくだい》なんだっけ』って」

光莉《ひかり》は、わたしがあいづちを打《う》つのを待《ま》たずに話し続《つづ》ける。

サッカー部《ぶ》にも同クラの子いるんだし、ほかにもきける相手《あいて》、いるよね？

なのに、なんでわたしにきいてきたんだと思う？

もしかして、わたしに気があるのかな？　どう思う？

ずっとひとりでしゃべってる。

だいたい、光莉《ひかり》には秘密《ひみつ》が多過《おおす》ぎる。

このあいだは透明《とうめい》マスカラを塗《ぬ》ってきたことを秘密《ひみつ》だって言ってたし、数学の小テストが満点《まんてん》だったこと、その前は夏休みに沖縄《おきなわ》に行くことも秘密《ひみつ》だって言っていた。

サッカー部《ぶ》の木崎《きざき》は女子に人気がある男子だ。だからホントは秘密《ひみつ》じゃなくて、自慢《じまん》したいんだろうな。

そう思うけど、わたしは光莉《ひかり》の『秘密《ひみつ》の話』を聞くのがきらいじゃない。

平和《へいわ》で、安心《あんしん》するから。

心の中でそんなことを考えていたら、となりで光莉《ひかり》が、むうっとほほをふくらませていた。

「話、聞いてる？　どうせ、またひとりで勝手《かって》に騒《さわ》いでるって思ってるんでしょ」

「そんなことないって。ただ、光莉《ひかり》には秘密《ひみつ》がいっぱいあるなあって思っただけ。っていうか、秘密《ひみつ》なのに、わたしに言っちゃっていいの？」

笑《わら》いながらそう言うと、光莉《ひかり》は急《きゅう》に真面目《まじめ》な表情《ひょうじょう》になった。

「……だって、こんな話、綾乃《あやの》にしかできないんだもん」

「なんで？」

わたしがきくと、光莉《ひかり》は、うるうるした瞳《ひとみ》でわたしを見上げた。

「ほかの子に言ったら、すぐに言いふらされて、調子乗《ちょうしの》ってるとか陰口《かげぐち》たたかれるし。

綾乃《あやの》は、秘密《ひみつ》を絶対守《ぜったいまも》ってくれるから」

(かわいいやつめ)

わたしは、ふっと息《いき》を吐《は》く。

そうだよ、わたしは秘密《ひみつ》を絶対守《ぜったいまも》る。あの日、そう決《き》めたから。

お地蔵《じぞう》さんの角まで来た。光莉《ひかり》とは、いつもここでバイバイする。

なのに、光莉《ひかり》はまだ木崎《きざき》の話を続《つづ》けたそうだ。聞いてあげたいところだけど、わたしは「ごめん、帰らなきゃ」と手を挙《あ》げた。

「もしかして、梨乃《りの》ちゃん?」

光莉《ひかり》の質問《しつもん》に、「ん」と短《みじか》く返《かえ》す。

「早く帰って相手《あいて》してあげないと」

「いいなあ」と光莉《ひかり》が空を見上げる。

「綾乃《あやの》みたいな美人《びじん》でやさしいお姉《ねえ》ちゃんがいる梨乃《りの》ちゃんもうらやましいし、梨乃《りの》ちゃんみたいにかわいい妹がいる綾乃《あやの》もうらやましい! まあ、あれだけ年が離《はな》れてたらかわいいよね。だってさ〜、うちにも妹いるけど、二つしか変《か》わんないじゃん？　だからめっちゃ生意気《なまいき》でさ。このあいだなんてね」

　また光莉《ひかり》の話がはじまる。やれやれとわたしも空を見上げた。


　なんとか光莉《ひかり》のおしゃべりをさえぎって、大急《おおいそ》ぎで家に帰り着《つ》く。

　玄関《げんかん》のドアを開《あ》けたとたん、梨乃《りの》が跳《は》ねるようにしてわたしの胸《むね》に飛《と》びこんできた。

「綾《あや》ちゃ〜ん、おそいよう」

「ごめん、ごめん。梨乃《りの》、待《ま》っててくれたの？」

　わたしはタブレットや教科書が入ったリュック、それから部活《ぶかつ》のジャージが入ったトートをさげたまま綾乃《あやの》を抱《だ》っこして「ただいまあ」とリビングのドアを足で押《お》した。

　エプロンをしたお父《とう》さんが、今取《と》りこんだであろう大量《たいりょう》の洗濯物《せんたくもの》を抱《かか》えながら、わたしに気づいてまゆをさげる。

「おかえり。……こらあ、梨乃《りの》。綾《あや》ちゃん重《おも》いだろ。下りなさい」

「いやだあ。綾《あや》ちゃんにくっつきたいの！」

そう言って、梨乃《りの》はわたしの制服《せいふく》のブラウスをつかんでますますしがみつく。

「もう梨乃《りの》、かわいすぎ！」

わたしはリュックとトートを投《な》げ出して、全身全霊《ぜんしんぜんれい》で梨乃《りの》を抱《だ》きしめた。汗《あせ》と砂場《すなば》、それからももの味《あじ》のガムみたいなにおいがする。お世辞《せじ》にもいいにおいとはいえないけれど、世界《せかい》でたったひとりの大事《だいじ》な妹・梨乃《りの》のにおいだ。

「綾乃《あやの》が帰ってきてくれて、助《たす》かったよ。ずっとごねてばっかりで大変《たいへん》だったんだ」

(だろうね)

今日《きょう》はお母《かあ》さんが残業《ざんぎょう》の日。だからお父《とう》さんが夕方の家事《かじ》当番なのに、洗濯物《せんたくもの》はたためていないし、夕飯《ゆうはん》の用意《ようい》もまだできていないみたいだ。梨乃《りの》はお母《かあ》さんの言うことはまだ聞くけれど、お父《とう》さんのことは完全《かんぜん》になめている。

どっちが自分に甘《あま》いのかちゃんとわかってるのだ。五歳児《さいじ》おそるべし。

「今日《きょう》ってお母《かあ》さん遅《おそ》いよね。このまま、梨乃《りの》、お風呂《ふろ》に入れよっか。そのあいだに晩《ばん》ごはんの用意《ようい》、できるでしょ」

わたしが言《い》うと、お父《とう》さんはあきらかにホッとした顔になった。

「そうしてくれると助《たす》かるよ」

「ほーら、梨乃《りの》。お風呂《ふろ》行くよ」

抱《だ》きかかえたままお風呂場《ふろば》へ向《む》かうと、梨乃《りの》はきゃーっと歓声《かんせい》をあげた。

ばんざいしたままの梨乃《りの》の服《ふく》を次々《つぎつぎ》脱《ぬ》がせ、二人そろってお風呂場《ふろば》へ入る。洗《あら》い場《ば》でかんたんに体を流《なが》して、自分の髪《かみ》を洗《あら》うのもそこそこに、梨乃《りの》の髪《かみ》をわしゃわしゃ洗《あら》う。お父《とう》さんかお母《かあ》さんとお風呂《ふろ》に入ったら、いつも髪《かみ》を洗《あら》われるのがいやで泣《な》き叫《さけ》ぶのに、わたしだと不思議《ふしぎ》とおとなしく洗《あら》わせてくれる。

「さあ、流《なが》すよ～」

わたしの声に、梨乃《りの》がぎゅっと目をつぶる。その真剣《しんけん》な表情《ひょうじょう》がかわいくて、思わずほほえむ。湯船《ゆぶね》につかって十を数え、お風呂場《ふろば》から出るとふわふわのバスタオルで梨乃《りの》の体をふき上げる。

服《ふく》を着《き》ていたらわからないけど、梨乃《りの》は小柄《こがら》なのにお父《とう》さんに似《に》てけっこう骨格《こっかく》がしっかりしている。目と鼻《はな》の形はお母《かあ》さんかな。こんなに小さいのにしっかり遺伝子《いでんし》を受《う》け継《つ》いでいるのが、なんだか不思議《ふしぎ》。

「さ、髪乾《かみかわ》かそっか」

わたしが言うと、梨乃《りの》は、自分専用《せんよう》のイスと手鏡《てかがみ》を持《も》ってきて、わたしに背《せ》を向《む》けてちょこんと座《すわ》った。毎日のことだから、手際《てぎわ》がいい。

梨乃《りの》の髪《かみ》はクセが強いので、ある程度乾《ていどかわ》かしてからしっかりブラシで伸《の》ばしてあげないと、髪《かみ》がからまって悲惨《ひさん》なことになっちゃうのだ。

「ねえ、綾《あや》ちゃん！」

ぶおーんというドライヤーの音に負《ま》けないように、梨乃《りの》が声を張《は》り上げる。

「なにー？」

わたしがきくと、梨乃《りの》は手鏡越《てかがみご》しに神妙《しんみょう》な顔でわたしを見つめた。

「梨乃《りの》も大きくなったら綾《あや》ちゃんみたいに、髪《かみ》、サラサラになる？」

「なるよ〜。わたしよりももっとサラッサラになるよ」

ブラシをかけながら、節《ふし》をつけて答える。

「じゃあね、綾《あや》ちゃんみたいに背《せ》も高くなる？」

「なるなる。わたしよりも〜っと高くなるよ」

「そしたらね、綾《あや》ちゃんみたいにお勉強《べんきょう》もできるようになる？」

「なるよ〜。だって、梨乃《りの》はわたしの妹だもん」

ドライヤーをかけながら、小さな鏡《かがみ》の中に映《うつ》る梨乃《りの》とわたしを見くらべる。

二重《ふたえ》のわたしと一重《ひとえ》の梨乃《りの》。

直毛のわたしとくせ毛の梨乃《りの》。

おでこの広いわたしと、狭《せま》い梨乃《りの》。

似《に》てるところなんてひとつもない。

だけどわたしはうそをつく。わたしたちは、そっくりだって。

「梨乃《りの》ね、大きくなったら綾《あや》ちゃんみたいになるんだ。だって綾《あや》ちゃん、テレビに出る人みたいにきれいだし、お勉強上手《べんきょうじょうず》だし、みーんなにやさしいし、雷《かみなり》にも強いから！」

鏡越《かがみご》しに梨乃《りの》がわたしに愛《あい》を告《つ》げる。

ああ、もう！　かわいいすぎんだろ、わたしの妹！

わたしは梨乃《りの》をぎゅっと抱《だ》きしめた。

「わたしも梨乃大好《りのだいす》き～！」

梨乃《りの》がくすぐったそうに身《み》をよじって笑《わら》う。

その笑《わら》い声を聞きながら、三年前のあの日のことを思い出した。

あれは、まだばあさんの家に住《す》んでいた頃《ころ》のことだ。

ばあさんは、お父《とう》さんのお母《かあ》さん。お母《かあ》さんはそうでもないけど、お父《とう》さんは、まわりの友だちのお父《とう》さんにくらべてかなり年を取《と》っている。なので、ばあさんも『ばあさん』と呼《よ》ぶのがぴったりなほど年を取《と》っていた。

わたしたちはそれまで新しいマンションに住《す》んでいたのに、梨乃《りの》が生まれたのをきっかけに、なぜかばあさんちの敷地《しきち》にある古い家に住《す》むことになった。

わたしはそれが不満《ふまん》だった。マンションは駅《えき》のすぐ近くにあって、スーパーも小学校も友だちの家も近かったのに、ばあさんちに引《ひ》っ越《こ》したことでどこへ行くのも遠くなってしまったし。

でも、理由《りゆう》はそれだけじゃない。そもそもわたしはばあさんがきらいだった。なぜなら、ばあさんも、わたしのことがきらいだったから。

ばあさんのきらいなところをあげたらキリがないけど、一番いやだったのが、勝手《かって》に家に上がりこんでくること。玄関《げんかん》にはちゃんとインターホンがあるのに、いつも絶対《ぜったい》に鳴らさない。お父《とう》さんもお母《かあ》さんも、ばあさんに注意《ちゅうい》することはなかったけど、わたしはすごくいやだった。勝手《かって》に人の家に入りこんできて、まるですべて自分のもののように勝手《かって》に見たりさわったりされるのが我慢《がまん》できないくらいいやだった。

その日、わたしは梨乃《りの》と家にいた。わたしは宿題《しゅくだい》をしていて、梨乃《りの》はお昼寝《ひるね》をしていた。お母《かあ》さんは、今のあいだに急《いそ》いで買《か》い物《もの》に行ってくると言って、家を空けていた。

お母《かあ》さんが家を出たあと、しばらくしてばあさんが庭《にわ》を歩いてくるのが見えた。

（また勝手《かって》に入ってくるつもりだ）

そう思ったわたしは急《いそ》いで玄関《げんかん》に鍵《かぎ》をかけ、知らんぷりで宿題《しゅくだい》をしていた。けれどばあさんは、鍵《かぎ》がかかっていることがわかると、ドアノブを何度《なんど》もがたがたいわせて、しまいにはドアをばんばんたたきだした。

それでも開《あ》けずにいたら、とうとう根負《こんま》けしたのか、インターホンを鳴らされた。無《む》視《し》したかったけど、ドアを開《あ》けるまでしつこく鳴らすに決《き》まってる。せっかく寝《ね》ている梨乃《りの》を起《お》こすのはかわいそうで、わたしはしぶしぶドアを開《あ》けた。

「いちいち鍵《かぎ》なんて閉《し》めるんじゃないよ」

ばあさんは憎々《にくにく》しげに言うと、ずかずか家に入ってきた。わたしが返事《へんじ》をせずにいると、ばあさんは吐《は》き捨《す》てるように言った。

「まったく、かわいげのない」

ばあさんになにか言おうものなら何倍《なんばい》にもなって返《かえ》ってくる。言っても言わなくても同じなら、言わないほうがマシだ。わたしは聞こえないふりをして、宿題《しゅくだい》を続《つづ》けた。

「梨乃《りの》ちゃんは寝《ね》てるのかい」

ばあさんはそう言うと、座《すわ》ってしげしげと梨乃《りの》を見た。

「ああ、かわいらしい。このほくろが、あたしそっくりだ」

ばあさんは満足《まんぞく》げにうなずいた。梨乃《りの》の目の下には、ばあさんと同じ場所《ばしょ》にほくろがある。ばあさんはそれが自慢《じまん》で仕方《しかた》ないのだ。それでもわたしが黙《だま》っていたら、ばあさんは、わたしをちらっと見てから、おもむろに体をかがめた。なにをしているんだろうとのぞき見ると、ばあさんが梨乃《りの》のほくろをペロッとなめていた。

わたしはその光景《こうけい》を見て、血《ち》の気《け》が引いた。梨乃《りの》はわたしの大切な妹だ。その妹がだいきらいなばあさんに汚《けが》されたような気がして思わず叫《さけ》んだ。

「やめてよ、気持《きも》ち悪《わる》い！」

「なんだって？」

ばあさんが、すかさず目を吊《つ》り上げてふり返《かえ》った。

「この子は、血《ち》のつながったあたしの孫《まご》だ。どうしようが、あたしの勝手《かって》だろうが」

「梨乃《りの》は、あんたのものなんかじゃない！」

（相手《あいて》をしたら負《ま》けだ）

そう思うのに、言い返《かえ》さずにはいられなかった。ばあさんは、しばらくわたしをにらみつけていたけど、わざとらしく、はあっとため息《いき》をついた。

「まったく、だからよその子なんかもらってくるなって言ったんだよ」

（……よその子？）

わたしは、にぎっていた鉛筆《えんぴつ》を置《お》いた。とたんにばあさんが、ニヤリと笑《わら》う。

「へえ、やっぱり知らなかったんだねえ」

口の中で大きなアメを転《ころ》がすようにして、ばあさんは得意《とくい》げに語りはじめた。

お父《とう》さんとお母《かあ》さんは、結婚《けっこん》してからなかなか子どもができなかったこと。

だけどどうしても子どもがほしくて、両親《りょうしん》がいないわたしを養子《ようし》にしたこと。

それから九年後、思いがけず梨乃《りの》が生まれたこと。

「……うそだ」

そんなこと、ありえない。ばあさんのいつもの意地悪《いじわる》だ。そう思おうとしたけれど、たしかに身《み》に覚《おぼ》えがあった。

この家でわたしだけがやせていて背《せ》が高く、髪《かみ》が真《ま》っ直《す》ぐなこと。目の大きさも、まつ毛の長さも、鼻《はな》の高さも、わたしだけがみんなとちがうこと。

絶対《ぜったい》ちがうと言いたいのに、言いきれなくて、なにも言葉《ことば》が出てこない。

わたしが黙《だま》りこんだのを見て、さすがのばあさんもしまったと思ったようだ。

「あんたのせいで、つい口をすべらせちゃったけど、今の話は秘密《ひみつ》だよ。隆《たかし》たちは、あんたがもっと成長《せいちょう》してから、自分たちの口で説明《せつめい》するって言ってたし、あたしから聞いたって絶対《ぜったい》言っちゃダメだからね」

ばあさんは言い訳《わけ》するようにそう言うと、そそくさと出ていった。

(なんだよ、それ。なら、なんでばあさんが言うんだよ！)

わたしはおでこをおさえて、ぎゅっと目を閉《と》じた。

家族《かぞく》の誰《だれ》とも似《に》ていないから、今までもうっすら考えたことならある。だけどまさか本当だったなんて。

お父《とう》さんもお母《かあ》さんも、どうして教えてくれなかったんだろう？

二人ともやさしいから、言わなきゃと思いながら、言いそびれたのだろうか。

でも、本当のことを言われたからって、わたしになにができた？

自分だけがこの家の家族《かぞく》じゃない。誰《だれ》とも血《ち》が繋《つな》がっていない。

そう考えると、真《ま》っ暗《くら》な洞穴《ほらあな》にひとりぼっちでとり残《のこ》されたようで、叫《さけ》びだしたい気《き》持《も》ちになった。

そのとき、部屋《へや》の中を真《ま》っ白《しろ》な閃光《せんこう》が走った。

おどろいて顔を上げると、少し遅《おく》れて足もとからドオンという地響《じひび》きがした。

梨乃《りの》がタオルケットを跳《は》ねのけて、

「綾《あや》ちゃあん！」

泣《な》きながらわたしの胸《むね》に飛《と》びこんできた。

とたんに窓《まど》の外からたたきつけるような雨音が聞こえはじめた。

(あ、雷《かみなり》か……)

わたしはようやくそのことに気がついた。梨乃《りの》はわたしの胸《むね》に顔をうずめて泣《な》きじゃくった。震《ふる》える小さな背中《せなか》に手を当てる。

「怖《こわ》くないよ、梨乃《りの》」

そう言いながら、何度《なんど》も背中《せなか》をなでた。

すると、梨乃《りの》は顔をうずめたまま小さな手をわたしに伸《の》ばしてきた。その手をそっとにぎり返《かえ》す。湿《しめ》りけを帯《お》びた、熱《あつ》い手のぬくもり。

雨はやまない。途中《とちゅう》に何度《なんど》も雷《かみなり》が落《お》ちる音がして、そのたび梨乃《りの》は悲鳴《ひめい》をあげた。

「だいじょうぶだよ、ずっとそばにいるから」

梨乃《りの》の小さな手をにぎり、わたしは何度《なんど》も繰《く》り返《かえ》した。梨乃《りの》はひっくひっくとしゃくりあげながら、小さくうなずく。

次第《しだい》に雷《かみなり》が落《お》ちる間隔《かんかく》が長くなっていき、激《はげ》しく窓《まど》をたたいていた雨もおさまっていった。梨乃《りの》はほほに涙《なみだ》のあとをつけたまま、わたしの胸《むね》の中で眠《ねむ》っていた。

わたしはその小さな体を抱《だ》きしめて決《き》めたのだ。

この秘密《ひみつ》は、誰《だれ》にも言わないでおこうって。


ばあさんはその翌年《よくとし》に歩道のない国道を横断中《おうだんちゅう》、車に轢《ひ》かれて死《し》んだ。四十九日《しじゅうくにち》を過《す》ぎてから、わたしたちはばあさんの家を出て、また駅《えき》前の新しいマンションに戻《もど》った。

あの日、わたしは泳《およ》げないままとつぜん足のつかないプールに放《ほう》りこまれたようで、世界《せかい》中でわたしだけがひとりぼっちのようで、心細くてたまらなかった。

だけど、わたしの手をにぎる梨乃《りの》のぬくもりが、わたしはひとりじゃないと教えてくれた。梨乃《りの》はわたしが雷《かみなり》から守《まも》ってくれたと思っているみたいだけど、逆《ぎゃく》だ。梨乃《りの》がわたしを守《まも》ってくれたのだ。

梨乃《りの》の髪《かみ》をなでる。わたしとぜんぜんちがう太くてクセが強い、硬《かた》い髪《かみ》。

「ねえ、いつかわたしも綾《あや》ちゃんみたいに髪《かみ》がサラサラになって、お目目がぱっちりして、背《せ》が高ーい女の子になれる？」

梨乃《りの》が、わたしを見上げて言う。

「なれるよ、絶対《ぜったい》。だって、梨乃《りの》はわたしのかわいい妹だもん」

わたしの言葉《ことば》に、梨乃《りの》が「やったあ」と歓声《かんせい》をあげる。

「おーい、ごはんできたよー」

キッチンからお父《とう》さんの声がして、梨乃《りの》が「はーい！」と言いながら、どたばたとかけていく。その後ろ姿《すがた》を目で追《お》って、梨乃《りの》の髪《かみ》をふいたタオルで、自分の髪《かみ》をふく。

この先、梨乃《りの》も本当のことを知る日がくるだろう。だけどそれは、今じゃない。

だからわたしはうそをつく。

なあんだ、そんなこと。

いつかそう言って、家族《かぞく》で笑《わら》い合う日のために。

秘密の交換日記

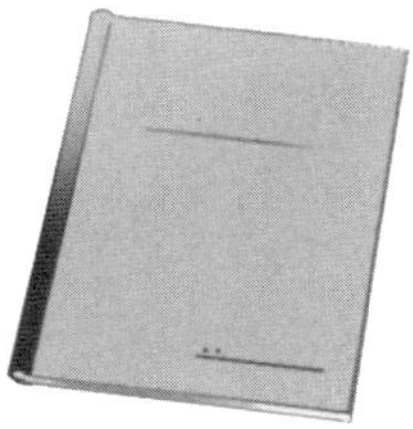

近江屋一朗

もしかしたら、おれはみんなに嫌《きら》われているのかもしれない。

学校一バスケがうまい天才・柏木透矢《かしわぎとうや》がそんなことあるはずないんだけど、なんだか最近試合《さいきんしあい》をしていても、みんなの反応《はんのう》がよくない。っていうか、むしろ悪《わる》い。

今日《きょう》だって、六年二組のやつらと昼休みにガチの試合《しあい》をしているとき、おれはチームのピンチを救《すく》うスリーポイントシュートを決《き》めた。客観的《きゃっかんてき》に見てもめちゃくちゃかっこよくて、おれみたいなのがヒーローなんだよなって自分でも思った。だから、「今の天才的《てき》なシュートだったよな?」ってみんなに聞いて回ったら、「そろそろうぜえ」と冷《つめ》たく言われてしまった。最近《さいきん》ずっとそんな感《かん》じ。

(つまんねえな)

自慢《じまん》とかするなって、みんなは言うけどさ、すごいプレーが決《き》まったら、お互《たが》いにかっこいいってほめ合ったらいいじゃん。そのほうが絶対《ぜったい》楽しい。

(ああ、かっこいいプレーがしたいな)

今よりむずかしいシュートをある日いきなり決《き》められたら、つい「かっけえ」ってつぶやいてしまうにちがいない。おれの目標《もくひょう》はみんなにそう言わせることだ。

そのために、おれは放課後《ほうかご》の体育館《たいいくかん》に忍《しの》びこんで秘密《ひみつ》の特訓《とっくん》をしている。

(二連続《れんぞく》スリーポイントとか決《き》めたら天才っぽいかな)

おれはどんな場所《ばしょ》からでもスリーポイントを打《う》てるように、位置《いち》を変《か》えながらひたすらシュートをし続《つづ》けた。練習《れんしゅう》はきついけど、自分が活躍《かつやく》する姿《すがた》を思い描《えが》いたら、つらいこともむしろ良《よ》いことに感《かん》じられてくる。

三百本ほどシュートを打《う》ったところで、気づくと日が暮《く》れかけていた。

(やば)

今日《きょう》は火曜日。もうすぐバドミントンクラブの人たちが来てしまう。あわてて体育用《たいいくよう》具室《ぐしつ》にボールを返《かえ》しに行く。カゴのところまで行くのがめんどうで、おれは入口からボールを放《ほう》り投《な》げた。

「あ」

思ったより腕《うで》が疲《つか》れていたのか、投《な》げたボールがカゴの縁《ふち》にぶつかって跳《は》ね返《かえ》る。そのままてんてんと転《ころ》がって、用具室《ようぐしつ》の隅《すみ》の暗《くら》がりに溶《と》けていった。

「めんどくせ〜」

暗闇《くらやみ》に目をこらして、ボールの行方《ゆくえ》を追《お》う。

（あったあった）

ボールはすぐに見つかったが、その下に見なれないものが落《お》ちていた。

「ん？　なんだこれ」

それはノートだった。手に取《と》ってパラパラとページをめくってみる。ほとんど白紙だけど、一番最初《さいしょ》のページになにか書いてある。おれの字とは似《に》ても似《に》つかない丁寧《ていねい》な字。昨日《きのう》のことを書いた日記みたいだ。

○月○日（月）　今日《きょう》はスリーポイントを決《き》められた。練習《れんしゅう》したかいがあって、チームで一番上手くなったと思《おも》う。

（へーっ、スリーポイント決《き》めたんだ。ま、おれには敵《かな》わないと思うけどな）

でも、上手くなったときに自分をほめたくなる気持《きも》ちはよくわかる。

おれはその日記に「すげえじゃん！」と、書いて、棚《たな》と壁《かべ》のすきまのギリギリ見えるくらいのところに差《さ》しこんでおいた。

そのとき、キュイッと体育館《たいいくかん》のほうからなにかがこすれるような音が聞こえた。用具《ようぐ》室《しつ》から出てまわりを見たけど、誰《だれ》もいない。

（気のせい、か……）

不思議《ふしぎ》なのは、足音がまったく聞こえなかったことだ。

（たしかに物音《ものおと》がしたと思ったんだけどな……）

翌日《よくじつ》の水曜日、おれは試合《しあい》中に二回連続《れんぞく》でスリーポイントを決《き》めることができた。さすがにこれはみんなもびっくりするだろ、と思ったのに、反応《はんのう》は冷《つめ》たかった。

（ちぇ、なんだよ）

次《つぎ》の日の放課後《ほうかご》、秘密《ひみつ》の特訓《とっくん》をしようと用具室《ようぐしつ》に行くと、おととい置《お》いた場所《ばしょ》に日記はあった。

でも、ノートの向《む》きが逆《さか》さまになっている。気になって中を見てみると、

○月○日（水）誰《だれ》だかわからないけど、ほめてくれてありがとう！　やる気出た。今日《きょう》は二連続《れんぞく》スリーポイント決《き》められたんだ。（もっとほめて）

（お、返事《へんじ》だ。ほめてほしいならほめてやろう）

『二連続《れんぞく》スリーポイント』という言葉《ことば》がちょっと引っかかったけど、おれは向《む》こうのリクエスト通り「精度《せいど》やば！」と書いた。

（誰《だれ》だか知らねえけど、なんか交換《こうかん》日記みたいだ）

おれはノートを同じすきまに戻《もど》そうとして、手を止めた。

（おれもほめてもらえないかな）

もう一度《いちど》ノートを開《ひら》いて、「おれも同じことできたんだ」と書き加《くわ》えた。

それから、体育館《たいいくかん》でおれはドリブルの練習《れんしゅう》をはじめた。

最近《さいきん》、大分リズムが安定《あんてい》してきた気はするけれど、まだまだプロみたいに手にひっつくような感《かん》じがない。手にヒリヒリとした痛《いた》みを感《かん》じながらも、一時間以上《いじょう》ドリブルを続《つづ》けた。

次《つぎ》の日も、同じ場所《ばしょ》にノートが置《お》いてあった。そわそわして日記を開《ひら》くと、

○月○日（木）二連続《れんぞく》スリーポイントなんて、天才じゃん！　練習《れんしゅう》の成果《せいか》が出るとうれしいよね。今日《きょう》は一時間ドリブルの練習《れんしゅう》をしたよ。手がヒリヒリしたけど、少しずつ手にひっつく感《かん》じが出てきたと思う。

と書いてあった。

（うんうん、やっぱおれって天才だよな。それにしても、こいつも、なかなかわかって

るじゃん。話、合うかも）

おれはそれから、誰《だれ》だかわからない相手《あいて》と秘密《ひみつ》の交換日記《こうかんにっき》を続《つづ》けた。知らない相手《あいて》と交換《こうかん》日記をするなんて変《へん》な話だけど、バスケを好《す》きだって気持《きも》ちは同じような気がして、おれはいつの間にか日記を楽しむようになった。なんとなく、わかり合えている気がした。

けれど、少しおかしなことに気づきはじめた。

おれがドライブの練習《れんしゅう》をして敵《てき》を抜《ぬ》き去《さ》った日には、相手《あいて》も同じように敵《てき》を抜《ぬ》き去《さ》った、と書いてあって、おれが利《き》き手じゃない手でレイアップシュートを決《き》めた日には、同《おな》じことをした、と日記《にっき》にも書《か》いてある。

誰《だれ》にも知られていないはずの、秘密《ひみつ》の特訓《とっくん》のことも、おれがやったのと同じメニューが書かれていた。

（これじゃ、まるでおれの日記じゃん）

つまりこの日記の相手《あいて》は……おれなのか？

ほめられたい気持《きも》ちが強すぎて、無意識《むいしき》に自作自演《じえん》をはじめてしまったとか？

（……いやいや、そんなわけねえだろ。そもそも、おれ、こんな字じゃねえし）

自分にツッコミを入れて、ボールをドリブルしながら、どういうことか考えていたら、外からザリリという音がした。

視線《しせん》を感《かん》じる……気がする。おれは体育館《たいいくかん》の扉《とびら》から外を見た。けど、誰《だれ》もいない。

一番近い裏門《うらもん》のほうへ走ったけど、やっぱり誰《だれ》もいない。裏門《うらもん》の先は階段《かいだん》になっていて、その下には近所《きんじょ》のおじさんとイヌの散歩《さんぽ》をしている女の人しかいなかった。

（このあいだもそうだったよな……まさか、おばけ？）

おれは少しぞわぞわとしたものを感《かん》じながら体育館《たいいくかん》を後にした。


それからも、おれは練習《れんしゅう》の合間にチラチラ外を見るようにした。でも、やっぱり誰《だれ》もいない。体育館《たいいくかん》のまわりはそれほど高くない生《い》け垣《がき》で囲《かこ》われている。高学年なら通り過《す》ぎたときに姿《すがた》が見えるはずなのに、それもなかった。

日記に書いてあることは百パーセント同じというわけではなかったけれど、それでも偶然《ぐうぜん》とは思えないくらいたくさん、日記の主《ぬし》とおれの行動《こうどう》が一致《いっち》していた。

（どういうことだよ、いったい？）

これだけくわしく書けるとなると、実際《じっさい》にバスケをやってるやつだと思うけど、体育《たいいく》館《かん》で試合《しあい》をやっているのは六年のおれたちだけ。

ほかの人たちはバスケットボールを使《つか》うにしても投《な》げ合ったりするだけだし、それ以《い》外《がい》は縄跳《なわと》びなんかしたりして、そもそもバスケのことに興味《きょうみ》がなさそうだ。

（もしかして、日記にウソを書いてるのかな……）

そう思うと、つじつまが合う気がした。だって、試合《しあい》でスリーポイントを連続《れんぞく》で決《き》めてるのは六年でおれだけだし、放課後《ほうかご》の体育館《たいいくかん》はおれしか使《つか》っていないんだから、秘密《ひみつ》の特訓《とっくん》をするような場所《ばしょ》もない。

（おれは、ウソつきと交換《こうかん》日記をしてたってことか⁉）

なんだか無性《むしょう》に腹《はら》が立ってきた。おれはちゃんと汗《あせ》をかいて練習《れんしゅう》してるっていうの

に、こいつは日記を書くだけで上手くなったつもりになってるんだ。

今日《きょう》の日記はこんなことが書いてあった。

○月○日（火） 今日《きょう》はフェイダウェイを試合《しあい》で決《き》められなかった。練習不足《れんしゅうぶそく》なのかな。もっと頑張《がんば》らないと。

おれはたしかにその日、フェイダウェイを失敗《しっぱい》した。

フェイダウェイというのは、後ろにジャンプしながらシュートを打《う》つテクニックで、めちゃくちゃむずい。つまり、試合《しあい》のときにチャレンジしても、失敗《しっぱい》する確率《かくりつ》が高い。

だからこそ、おれは練習《れんしゅう》をきっちりしていたし、絶対《ぜったい》に練習不足《れんしゅうぶそく》なんてことはなかった。

（こいつ、本当はやってないくせに）

ムカついたおれは、日記に、

——おれはしっかりフェイダウェイの練習《れんしゅう》したぜ。お前とちがって。

と書いてやった。

○月○日（水）練習頑張《れんしゅうがんば》ったのすごいね。でも、そういうのってくらべるもんじゃなくない？　こっちが否定《ひてい》されてるみたい。

（なんだと？）

そもそも、そっちがちゃんと練習《れんしゅう》しなかったのがいけないんだろ。ってか、それもどうせウソなんだろ。よーし、こいつの正体を突《つ》き止めて、直接《ちょくせつ》言い返《かえ》してやる……！

翌日《よくじつ》、おれは用具室《ようぐしつ》で日記の相手《あいて》を待《ま》った。跳《と》び箱《ばこ》の中に忍《しの》びこんで息《いき》をひそめる。

だけど、ときどきボールや縄跳《なわと》びを取《と》りにくる子がいるくらいで、なかなか日記を手にするやつは現《あらわ》れない。おれは目を閉《と》じた。跳《と》び箱《ばこ》の中はあたたかくて、だんだん眠《ねむ》くなってくる。

（誰《だれ》か来たら足音でわかるだろ）

ガタッ!

とつぜん近くで音がした。近づいてくる足音はまったく聞こえなかった。いつの間に?

おれはとっさに体を起《お》こして、跳《と》び箱《ばこ》のすき間から外をのぞいた。そして、用具室《ようぐしつ》に入ってきた人物《じんぶつ》を見て、足音が聞こえなかった理由《りゆう》を理解《りかい》した。

そいつは車椅子《くるまいす》に乗《の》っていた。

となりの組の小沢晴人《おざわはると》だ。昔《むかし》、同じ組だったことがあるけど、ほとんど話したことはない。小沢《おざわ》は日記を手に取《と》ると、中を確認《かくにん》した。それからふうっと息《いき》を吐《は》いて、用具室《ようぐしつ》からスルスルっと出ていく。

なんであいつが?

おれは小沢《おざわ》の後をつけた。車椅子《くるまいす》だから階段《かいだん》のある裏門《うらもん》は使《つか》えず、遠回りになる正門から外へ出ていった。

向《む》かった先は学校のとなりにある市民体育館《しみんたいいくかん》だった。

(あいつ、こんなところでなにを?)

体育館《たいいくかん》に一歩足を踏《ふ》み入れた瞬間《しゅんかん》に、おれの大好《だいす》きな音が耳に入ってきた。

キュイキュイッ！　ダンダン！

そこでは車椅子《くるまいす》に乗《の》った人たちがバスケをしていた。激《はげ》しくぶつかり合いながら、ものすごいスピードでボールを回し、低《ひく》い位置《いち》からきれいにシュートを決《き》める。

（あ、小沢《おざわ》だ）

小沢《おざわ》もユニフォームに着《き》がえて参加《さんか》していた。細い腕《うで》で必死《ひっし》に車椅子《くるまいす》のホイールを動《うご》かしながら、シュートを練習《れんしゅう》している。

（あれは……！）

車椅子《くるまいす》を後ろに転《ころ》がしながら、リングめがけてシュートを何度《なんど》も何度《なんど》も放《はな》つ。フェイダウェイだ。あいつ、本当にフェイダウェイの練習《れんしゅう》をしていたんだ……。

日記に書いてあったのは、ウソじゃなくてちゃんと小沢自身《おざわじしん》のことだったんだ。

おれは小沢《おざわ》がシュートを打《う》つ様子《ようす》から目が離《はな》せなかった。あいつは自分のこと、練習《れんしゅう》不足《ぶそく》だって日記に書いてたけど、そんなことない。あの動《うご》きは何度《なんど》も練習《れんしゅう》しなくちゃ絶《ぜっ》対《たい》にできない動《うご》きだ。

そのうちに試合《しあい》がはじまった。おれは二階《かい》のベンチに座《すわ》って、取《と》り憑《つ》かれたようにその様子《ようす》を見つめた。人数が少ないからだろうか。大人も子どもも一緒《いっしょ》になって試合《しあい》をしている。

小沢《おざわ》はその中を小さい体で必死《ひっし》にボールを追《お》いかけていた。小沢《おざわ》にボールが渡《わた》る。その前に体の大きな大人《おとな》が回りこみ、腕《うで》を広げる。

(いけ……!)

おれは手をぎゅっとにぎった。小沢《おざわ》の車椅子《くるまいす》がスルッと後ろに走り、その勢《いきお》いをもったままシュートが放《はな》たれる。ボールは、その細い腕《うで》から放《はな》たれたとは思えないほど高く上がり、美《うつく》しい弧《こ》を描《えが》いた。

(入れ!)

小沢《おざわ》のシュートはリングの真《ま》ん中《なか》をきれいに落《お》ちていった。

(やった!)

おれは自分のことのようにうれしかった。だって、あいつはずっと頑張《がんば》って練習《れんしゅう》してきたんだから。あいつの日記を読んでいたおれは、そのことをよく知っている。

小沢《おざわ》は次《つぎ》のプレーに移《うつ》る前に、一瞬《いっしゅん》だけ小さくガッツポーズをした。

その姿《すがた》におれは目をうばわれた。

「かっけえ……」

思わず口からこぼれる。おれが言われたかった言葉《ことば》。だけど、あいつのほうがずっとずっとふさわしい。

誰《だれ》かにわざわざ言ってもらわなくても、自分がちゃんと自信《じしん》をもてていれば十分なんだ。小沢《おざわ》にはそれがわかってる。だからあの小さいガッツポーズがまぶしいんだ。

(おれも小沢《おざわ》みたいになりたい)


「よお」

練習《れんしゅう》が終《お》わるのを待《ま》って、おれは小沢《おざわ》に声をかけた。

「えっ、なんでいるの？」

「おまえのあとをつけた」

「こわ、ストーカーってやつ？」

小沢《おざわ》は腕《うで》を抱《かか》えて怖《こわ》がるそぶりを見せた。

「いや、ちがうって！」

「じゃあ、なに？」

「最初《さいしょ》はさ、怒《おこ》りにきたんだ。でも、それが勘違《かんちが》いだったってわかって、わけわかんなくなって、とりあえずここにいる」

「なにそれ」

小沢《おざわ》は笑《わら》った。

「じつは日記の相手《あいて》、おれなんだよね」

「ああ、ぼくの練習《れんしゅう》日記を勝手《かって》に見た犯人《はんにん》か」

ぐさ。反論《はんろん》できない。

「ごめん」

「あはは。冗談《じょうだん》だよ。てか、ぼくは誰《だれ》が書いたかすぐわかった」

「えっ、まじで？」

「だってあんなに自慢《じまん》っぽい人、柏木《かしわぎ》くん以外《いがい》なかなかいないでしょ。まあ、こっちの正体はわからないだろうな、と思ってたけどね」

小沢《おざわ》って、けっこう口が悪《わる》い。こんな性格《せいかく》だったんだ。でも、不思議《ふしぎ》と気にならなくて、おれはふき出した。

「ぼくの方こそ、勝手《かって》に秘密《ひみつ》の練習《れんしゅう》を見て参考《さんこう》にしちゃってごめん」

「参考《さんこう》にしてた？　おれの秘密《ひみつ》の特訓《とっくん》を？」

「うん、だって、めっちゃ頑張《がんば》ってたから、負《ま》けられないなって思って」

（うわあ）

おれは天才と言われるよりなによりうれしくて、顔が熱《あつ》くなった。涙《なみだ》ぐんでしまう。

「小沢《おざわ》もさ、フェイダウェイの練習《れんしゅう》、おれより頑張《がんば》ってた。そっちのほうがすごい」

おれは小沢《おざわ》に背《せ》を向《む》けた。これ以上《いじょう》話していると、謎《なぞ》の涙《なみだ》がこぼれてしまうかもしれない。このままクールに立ち去《さ》るんだ。

「あのさ、秘密《ひみつ》も解《と》けちゃったことだし、今度《こんど》一緒《いっしょ》に練習《れんしゅう》しない？」

予想外《よそうがい》のひと言に、おれは思わずふり向《む》いた。

「え、いいの？」

「だって、どうせ同じ練習《れんしゅう》するじゃん？」

「うおっしゃあ……って、ちがう！」

おれは両手《りょうて》を上げて飛《と》び跳《は》ねそうになるところをぐっとおさえた。ここはさりげないガッツポーズをするところだろ。おれは口を閉《と》じて、小さくガッツポーズをし直した。

「なにそれ？」

「小沢《おざわ》のマネ」

「え、意味《いみ》わかんない」

そう言いながら、小沢《おざわ》が笑《わら》った。その顔を見て、おれも思わず笑《わら》ってしまった。

ひっそりどこかに

もえぎ桃

授業《じゅぎょう》がはじまる前の、短《みじか》い休み時間。

「優衣《ゆい》、それかわいい〜！」

麗奈《れな》の手がサッと伸《の》びてきて、わたしのシャーペンを取《と》った。

「あ……」

白黒チェックのハート柄《がら》にひとめぼれして、昨日《きのう》買ったばかりのやつ。

「貸《か》してくれる？　あとで返《かえ》すから」

麗奈《れな》が大きな目をパチパチさせて、首を少しだけかしげる。

こういうポーズをすると、麗奈《れな》は本物《ほんもの》のアイドルみたいにかわいい。

「……うん、もちろん！」

先週貸《か》した消《け》しゴムも、返《かえ》してもらってないんだけど……という言葉《ことば》は飲《の》みこんで、

わたしはニコッと笑顔《えがお》を作る。

麗奈《れな》とは、六年生になってはじめて同じクラスになった。

かわいくておしゃれで、地味《じみ》なわたしとは正反対《せいはんたい》の目立つ女の子。

仲良《なかよ》くなったきっかけは、席《せき》がとなり同士《どうし》になって、教科書を忘《わす》れた麗奈《れな》にわたしが見せてあげたから。

「ありがとう！　助《たす》かった〜」

にっこり笑《わら》ってお礼《れい》を言う麗奈《れな》はキラキラしていて、ドキッとするくらいまぶしかった。それからいろいろおしゃべりするようになって、そのまま同じグループになって。

グループは麗奈《れな》とわたし、そしてミキとマユミの四人。麗奈《れな》、ミキ、マユミは五年生のときも同じクラスで、そこにわたしが入れてもらった形だ。新しいクラスに仲《なか》のよかった子がいなくてあせっていたし、心の底《そこ》からホッとしたっけ。

ハキハキと明るい麗奈《れな》は、すぐにクラスの中心人物《じんぶつ》になった。ミキもマユミもかわいいし、そんな子たちと同じグループになれたことも、素直《すなお》にうれしかった。

最初《さいしょ》のうちは楽しくて、仲良《なかよ》くなれたことがラッキーで、自分は幸《しあわ》せ者《もの》くらいに思ってた。でも……たまにだけど、麗奈《れな》ととなりの席《せき》じゃなかったらよかったかも……と思うときがある。四人でいるときの麗奈《れな》は、ちょっと意地悪《いじわる》だったから。

「優衣《ゆい》、また太ったんじゃない？」

ときどき、平気《へいき》でこんなことを言う。たしかに、スタイル抜群《ばつぐん》の麗奈《れな》にくらべたら、わたしはぽっちゃり体型《たいけい》だけど。

「そんなに食べたらまた太っちゃうよ～」とか、「優衣《ゆい》の足、ふとーい！」とかもよく言われる。

「だよね！」

「ウケる～！」

麗奈《れな》が言うと、ミキとマユミもおかしそうに笑《わら》う。わたしも「えへへ、ごはんがおいしくて」なんて話を合わせるけど、本当はとても傷《きず》ついている。

それなのに「やせたいから、ダイエットしようかな」と言うと、「だめだめ！　優衣《ゆい》はぽっちゃりしてるところがかわいいんだから！　ほらちゃんと食べて！」と、むりやり給食《きゅうしょく》をおかわりさせようとする。

それから、困《こま》ったときは「お願《ねが》い、優衣《ゆい》～！　当番手伝《てつだ》って！」と両手《りょうて》を合わせてくるけど、わたしが困《こま》っているときは知らんぷり。貸《か》した物《もの》はほとんど戻《もど》ってこないし、ジュースやお菓子《かし》をおごらされることもある。

いやだなと思っても、断《ことわ》るとあからさまに不機嫌《ふきげん》になる。ムスッとした顔でため息《いき》をつかれたり、口をきいてもらえなかったり。だから怒《おこ》らせないように、いつも笑《わら》って「いいよ」と言うようにしているんだ。

いちばんいやなのは、わたしを置《お》いて、三人だけでいなくなることだ。休み時間や教室移動《いどう》のときに、気がつくと置《お》いてけぼりにされていることがあって、おろおろしてしまう。

「ごめーん！　優衣《ゆい》のこと忘《わす》れてトイレに行っちゃった！」

麗奈《れな》は笑《わら》ってあやまるけど、またすぐ三人でいなくなる。

同じグループなのに、わたしだけ、仲良《なかよ》しって感《かん》じがしない。ミキとマユミとちがって、わたしは六年になってから麗奈《れな》と友だちになったから、仕方《しかた》ないのかな？

でも今さらほかのグループに入れてもらうのって、すごくむずかしい。ほかの子は仲《なか》のいい子同士《どうし》で固《かた》まって、完全《かんぜん》にグループができあがっちゃってる。もし麗奈《れな》たちに仲《なか》間《ま》外れにされたら、ひとりぼっちになってしまうし、そっちのほうがずっと怖《こわ》い。

それに、麗奈《れな》みたいに素敵《すてき》な子と友だちになれて、うれしかったのは事実《じじつ》だ。

いやなこともあるけど、我慢《がまん》して笑《わら》っていよう。

そう思っていたんだけど……。

きっかけは、小さなことだった。

昼休み、また三人でどこかに行ってしまって、わたしはひとりで机《つくえ》に座《すわ》っていた。心細くて、麗奈《れな》たちが戻《もど》ってくるのをそわそわしながら待《ま》っていた。

そのとき、教室に残《のこ》っていた男子たちが『学校の七不思議《ななふしぎ》』の話をはじめたんだ。

「この学校の七不思議《ななふしぎ》って知ってる？」

「えーと、あれだろ、ピアノのやつ！」

「知ってる知ってる！　あと四階《かい》のトイレに……」

友だちや先生、家族《かぞく》から聞いた話を、我先《われさき》にと披露《ひろう》する。

夜中に勝手《かって》に鳴るピアノ。トイレの花子さん。午前十二時に上るとひとつ増《ふ》えている十三階段《かいだん》。

みんな怖《こわ》い話が大好《だいす》きだから、いつの間にか教室にいる全員《ぜんいん》が七不思議《ななふしぎ》を夢中《むちゅう》になって数えていた。

廊下《ろうか》を猛《もう》スピードで飛《と》んでいく生首。笑《わら》う人体模型《もけい》。涙《なみだ》を流《なが》す美術室《びじゅつしつ》の彫刻《ちょうこく》。

「あれ？　あとひとつは？」

七不思議《ななふしぎ》が六つで止まってしまい、みんなが首をかしげる。

「妖怪《ようかい》ひっそりさんだよ」

七つ目を知っていたわたしは、つい声に出して言ってしまった。

「えー、なにそれ！」「教えて教えて！」

急《きゅう》に自分に注目《ちゅうもく》が集《あつ》まって、緊張《きんちょう》したけど、みんながワクワクしているのが伝《つた》わってきた。

「えっと、お姉《ねえ》ちゃんが小学生のときに流行《はや》ってたらしいんだけど……ひっそりさんは、この学校にだけいる妖怪《ようかい》なんだって」

聞いていた子たちが、グッと身《み》を乗《の》り出す。

ひっそりさんは、手のひらサイズの人間の形をしていて、色は白くて、溶《と》けかけたろうそくみたいな体をしている。顔はのっぺらぼうだけど、胸《むね》のあたりに目がひとつ。学校のどこかにひっそりと隠《かく》れている。

ひっそりさんを見つけても、絶対《ぜったい》に気づかないふりをしなければならない。気づいたことを知られたら、ひっそりさんの世界《せかい》に連《つ》れていかれて、自分もひっそりさんになってしまうから……。

話し終《お》えると、ちょっと間を置《お》いてから、悲鳴《ひめい》みたいな歓声《かんせい》があがった。

「きゃーっ！」「めっちゃ怖《こわ》い‼」「おれ、マジで鳥肌《とりはだ》立ったわ！」

お姉《ねえ》ちゃんから聞いた話をしただけなんだけど、教室中が盛《も》り上がった。前の席《せき》にいたえりちゃんが「優衣《ゆい》ちゃん、お話上手なんだね！　ドキドキしちゃった！」と言って、「そうかな～」と笑《わら》って返《かえ》す。

麗《れ》奈《な》たち以外《いがい》と話すのはひさしぶりで、楽しかった。

楽し過《す》ぎて、麗《れ》奈《な》たちが戻《もど》ってきていたことに、全然《ぜんぜん》気がつかなかったんだ。

「……優《ゆ》衣《い》。優《ゆ》衣《い》！」

名前を呼《よ》ばれてふり返《かえ》ると、麗《れ》奈《な》が怒《おこ》った顔で立っていた。

「さっきから呼《よ》んでるんだけど」

「え、あ、ごめん！」

「無《む》視《し》するとか信《しん》じらんない」

「ご、ごめん……そんなつもりじゃ……ホントにごめんね」

急《いそ》いであやまったけど、麗《れ》奈《な》はけわしい表情《ひょうじょう》を崩《くず》さない。ミキとマユミも、つまんなそうにくちびるをとがらしてる。

わたしは心臓《しんぞう》がバクバクして、「ごめんね」ともう一度《いちど》あやまった。

「もういい」

そう言って、麗奈《れな》は自分の席《せき》に戻《もど》ってしまった。

心臓《しんぞう》はいつまでもバクバクしていて、いやな予感《よかん》が胸《むね》いっぱいに広がった。

放課後《ほうかご》、「麗奈《れな》！　昼休みはごめんね」と駆《か》け寄《よ》ったけど、フイッとそっぽを向《む》かれてしまう。

「わざとじゃないんだよ、声が聞こえなくて……」

「ミキー、マユミー、帰ろっ！」

わたしを無視《むし》して、わざとらしくミキとマユミのほうへ行ってしまった。

どうしよう……すごく怒《おこ》ってる。

麗奈《れな》を怒《おこ》らせないようにずっと気を遣《つか》ってきたのに、なんであんな失敗《しっぱい》しちゃったんだろう。目の前が真《ま》っ暗《くら》になる。

でも、しばらくすれば許《ゆる》してくれるはず。そう思ったけど、次《つぎ》の日も、麗奈《れな》はわたしを無視《むし》した。その次《つぎ》の日も。

（あれくらいのことでそんなに怒《おこ》らなくてもいいのに……）

グループから外されるとわたしはひとりぼっちになってしまう。

だから、許《ゆる》してもらうために必死《ひっし》にあやまった。だけど、麗奈《れな》はわたしなんか見えていないみたいに無視《むし》する。

今日《きょう》も昼休みに麗奈《れな》たちに無視《むし》されて、仕方《しかた》なくひとりで机《つくえ》に座《すわ》っていた。

なんで許《ゆる》してくれないのかわからなくて、つらくて、ぽろっと涙《なみだ》が出てくる。

あわてて机《つくえ》の上につっぷして、寝《ね》たふりをした。

「アイツ、泣《な》いてるんじゃない？　キモい」

頭の上のほうで、麗奈《れな》の声が聞こえてきた。

どうして？　なんでそんなひどいことを言うの？

目のまわりがぶわっと熱《あつ》くなって、また涙《なみだ》が出てくる。

「優衣《ゆい》のくせに、いい気になるからだよ。なにみんなにちやほやされてんの。いつもみたいにビクビク、キョドってればいいのにさー」

麗奈《れな》がブツブツ言うのが聞こえてきて、「だよね！」「ホントホント！」とミキとマユミがあいづちを打《う》つ。

それでようやく、気がついた。今まで、麗奈《れな》たちはわざとわたしを置《お》いてけぼりにしていたってことに。あれは、教室にわたしをひとりで残《のこ》して、おろおろしているのを見ておもしろがる遊《あそ》びだったんだ。

でも、あのとき教室は七不思議《ななふしぎ》で盛《も》り上がっていて、しかも輪《わ》の中心がわたしだった。きっと麗奈《れな》は、バカにしていたわたしがみんなにほめられているのを見て、ムカついたんだろう。

麗奈《れな》にとってわたしは、最初《さいしょ》から友だちでもなんでもなかった。

都合《つごう》よく利用《りよう》していい、どうでもいい子。

ショックだったけど、今さら気がついても、もうどうしようもなかった。

麗奈《れな》はわたしを無視《むし》するだけじゃもの足りなくなったのか、聞こえるように悪口《わるぐち》を言ったり、わざとぶつかってきたりするようになった。

いじめはどんどんエスカレートして、上履《うわば》きが隠《かく》されたり、ノートに「死《し》ね」と落書《らくが》きされたり。

麗奈《れな》がわたしをいじめても、みんなは黙《だま》って見ているだけ。みんながわいわい楽しそうにしているのに、自分だけ誰《だれ》とも口をきいてもらえなくて、たまらなくさびしい。ときどき、心配《しんぱい》そうなえりちゃんと目が合うけど、それでも話しかけてはもらえない。

学校に行きたくないけど、いじめられていることを親や先生に言うのは恥《は》ずかしくていやだった。早く卒業《そつぎょう》してしまいたい。そう思いながら、麗奈《れな》のいじめに耐《た》えるしかなかった。

「ひっ……！」

ある日の放課後《ほうかご》、日直の仕事《しごと》が終《お》わってひとりで教室に戻《もど》ったとき。ノートをしまおうと机《つくえ》の中に手を入れたら、異様《いよう》な感触《かんしょく》にゾッと鳥肌《とりはだ》が立った。机《つくえ》の中をのぞくと、案《あん》の定《じょう》、濡《ぬ》れたぞうきんがつっこまれていた。掃除《そうじ》の時間に、麗奈《れな》が入れたにちがいない。

わたしは悪《わる》いことなんてひとつもしていないのに、なんでこんなひどいめにあわなきゃいけないんだろう？

ふと、ぞうきんの向《む》こうに白くぼんやりしたものが見えた。机《つくえ》の中の、いちばん奥《おく》。

それは人の形をしていて、きゅうくつそうに立っていた。ろうそくが溶《と》けたような体。顔はのっぺらぼうで、胸《むね》にある大きな一つ目が、こっちを見つめている。

（まさか……これって……）

ヒュッと心臓《しんぞう》が縮《ちぢ》み上がったけど、すんでのところで声を出さずにすんだ。ぐっとおなかに力をこめて、ゆっくりとノートを取《と》り出す。机《つくえ》の奥《おく》から感《かん》じる視線《しせん》を無視《むし》して、ランドセルを背負《せお》う。それから速足《はやあし》にならないように気をつけて、教室を出た。

昇降口《しょうこうぐち》で外履《そとば》きにはきかえたところで、そっとふり返《かえ》る。

シンとした廊下《ろうか》には誰《だれ》もおらず、ホッと胸《むね》をなで下ろした。

「本当にいたんだ。ひっそりさん……」

学校の七不思議《ななふしぎ》のひとつが、わたしの机《つくえ》の中に隠《かく》れてたなんて。

もし悲鳴《ひめい》をあげていたら？　想像《そうぞう》して、ぶるっと震《ふる》えてしまう。

でも……と考え直した。

こんな毎日が続《つづ》くなら、ひっそりさんになってもよかったかな。

だって、ひっそりさんになったらもういじめられずにすむ。

掃除用具《そうじようぐ》のモップの陰《かげ》や、誰《だれ》も読まない本のすき間なんかで静《しず》かに暮《く》らせるのなら、そっちのほうが今よりずっといい。

そう考えると、わたしの机《つくえ》のひっそりさんも、もともとはいじめられっ子だったのかもしれない。いじめられるのがつらくて、この世《よ》に存在《そんざい》したくなくて、妖怪《ようかい》になったのかも……。


数日後。

麗奈《れな》が行方不明《ゆくえふめい》になった。

ミキとマユミは、「廊下《ろうか》で待《ま》っていたら、麗奈《れな》がいつの間にか消《き》えていた」と証言《しょうげん》していたらしい。

警察《けいさつ》も親も必死《ひっし》に捜《さが》したけど、麗奈《れな》は見つからなかった。

麗奈《れな》が教室からいなくなって、わたしはやっと、安心《あんしん》して学校に通えるようになった。同じひとりぼっちでも、いじめられないだけずっとマシだ。

ううん、ひとりぼっちでもなくなった。えりちゃんが話しかけてくれるようになったんだ。

えりちゃんは、衝撃《しょうげき》の事実《じじつ》を教えてくれた。

麗奈《れな》は、クラスの女子に「優衣《ゆい》と話をしたらダメ」と命令《めいれい》していたそうだ。

「ごめんなさい。優衣《ゆい》ちゃんのこと心配《しんぱい》だったけど、わたし、麗奈《れな》にいじめられるのが怖《こわ》くて……」

えりちゃんが泣《な》きそうな顔で言うと、ほかの子たちも「ごめんね優衣《ゆい》ちゃん」とあやまってくれた。

中には「麗奈《れな》には悪《わる》いけど、いなくなってホッとした」と言う子も。
おかげで二学期《にがっき》の後半は、友だちもたくさんできて、毎日楽しかった。
そのまま冬休みに入り、年が明けて三学期《さんがっき》になった。
学校がはじまっても、麗奈《れな》は依然《いぜん》として行方不明《ゆくえふめい》。
わたしは楽しく学校に通い、そうして、卒業式《そつぎょうしき》をむかえた。
ちょっと大人《おとな》っぽいブレザー姿《すがた》で、卒業証書《そつぎょうしょうしょ》を受《う》け取《と》り、みんなで校歌を歌う。
いろいろあったけど、楽しかった思い出のほうがずっと多くて、胸《むね》がジーンとする。
「今日《きょう》で最後《さいご》か〜。麗奈《れな》、とうとう見つからなかったね」
式《しき》が終《お》わって教室へ戻《もど》ると、そんな会話が聞こえてきた。

麗奈《れな》の行方《ゆくえ》。
……誰《だれ》にも言っていないけど、麗奈《れな》がどうなったのか、わたしだけは知っている。
わたしの机《つくえ》のひっそりさんが、麗奈《れな》をあっちの世界《せかい》に連《つ》れていってくれたんだ。

べつに、わたしは悪《わる》いことなんてひとつもしていない。

ただ、麗奈《れな》の好《す》きそうな文房具《ぶんぼうぐ》をいくつか、机《つくえ》の中に入れておいただけ。かわいいシャーペンに定規《じょうぎ》、それから消《け》しゴムも。麗奈《れな》がまたぞうきんを入れようとしたら、気づいて奥《おく》をのぞきこむように。

麗奈《れな》はひっそりさんと目が合って、きっとびっくりしたにちがいない。


先生が最後《さいご》のあいさつをして、みんなが立ち上がった。

いよいよ今日《きょう》でこの教室ともさようならだ。

「優衣《ゆい》ちゃん、一緒《いっしょ》に帰ろうよ」

「あ、えりちゃんちょっと待《ま》って！　忘《わす》れ物《もの》ないか、もう一度《いちど》たしかめるから」

確認《かくにん》するふりをして、わたしは机《つくえ》の中をのぞいてみた。

そこには、あの日と同じように、いちばん奥《おく》できゅうくつそうに立っているのっぺらぼうの白いひっそりさんがいた。

そして体が溶《と》けかけた新しいひっそりさんも——。
その新しいひっそりさんは、助《たす》けを求《もと》めるように腕《うで》をこっちに伸《の》ばしてきた。
わたしは、フイッとそっぽを向《む》く。
麗奈《れな》がわたしを無視《むし》したように。
それから、「えりちゃん、お待《ま》たせ!」と明るく言った。
教室の扉《とびら》をぴしゃりと閉《し》める。
あそこに麗奈《れな》がいることは、わたしだけの秘密《ひみつ》——。

トルソーの恋

戸森しるこ

ここは仕立《した》て屋《や》の事務所《じむしょ》です。

仕立《した》て屋《や》、というのは、衣服《いふく》を縫《ぬ》い直したり、修理《しゅうり》をしたりする職人《しょくにん》のこと。

ただしここは、今はもう使《つか》われていない古い事務所《じむしょ》で、持《も》ち主《ぬし》の仕立《した》て屋《や》は、すでに成功《せいこう》して、街《まち》に大きな店をいくつも持《も》っていました。仕立《した》て屋《や》は、ときどき街《まち》から車に乗《の》ってやってきて、必要《ひつよう》な書類《しょるい》を探《さが》したり、不要《ふよう》なものを置《お》いていったり、ときには昔《むかし》を思い出して、ひとりでお酒《さけ》を飲《の》んだりもしました。

事務所《じむしょ》の窓辺《まどべ》には、一体のトルソーがいます。

表通《おもてどお》りから見えるように窓辺《まどべ》に置《お》かれていましたが、それはディスプレイ用のトルソーではなく、ソーイング用の布張《ぬのば》りのトルソーでした。つまり、仕立《した》て屋《や》が、制作途《せいさくと》中《ちゅう》の服《ふく》を着《き》せるためのもの。布製《ぬのせい》ですから、針《はり》を刺《さ》しておくこともできます。

トルソーには、頭も腕《うで》も足もついていませんが、心がありました。

目はなくても、心で世界《せかい》を見ていました。

耳はなくても、心で音を感《かん》じることができました。

針《はり》を刺《さ》されても痛《いた》みは感《かん》じませんが、心の痛《いた》みを知っていました。

仕立《した》て屋《や》が事務所《じむしょ》の電気を消《け》して帰るとき、最後《さいご》にいつもこう言います。

「じゃあまた」

それが自分に向《む》けられた言葉《ことば》だということを、トルソーは知っています。

トルソーは、彼《かれ》が成功《せいこう》を手に入れたことを、心からうれしく思っていました。そして、ほこらしく思ってもいました。言葉《ことば》をかわすことはなくても、二人はかつてのベストパートナー、最良《さいりょう》の仕事仲間《しごとなかま》でしたから。


通りをはさんだ事務所《じむしょ》の向《む》かいには、古着屋《ふるぎや》があります。その店に限《かぎ》らず、このあたりには古着屋《ふるぎや》が多く並《なら》んでいました。古着好《ふるぎず》きの若者《わかもの》たちが、よく歩いています。

向《む》かいにあるその古着屋《ふるぎや》には、ディスプレイ用のマネキンが、五体並《なら》んでいます。その服《ふく》を着《き》たところをイメージしやすいように、お客様《きゃくさま》のために飾《かざ》られているのです。

ディスプレイされた服《ふく》は、目立ちますので、手に取《と》ってもらいやすくなります。

ある日、そのうちの一体である、黒いジャケットを着《き》せられたマネキンが、通りの向《む》こうにいる、あの事務所《じむしょ》のトルソーに気がつきました。そして言いました。

「あいつ、顔がない」

トルソーとマネキンはよく似《に》ていますが、トルソーとはちがって、たしかにそのマネキンたちには、頭や腕《うで》や足があるのでした。

黒いジャケットのマネキンの横《よこ》にいた、水色のワンピースを着《き》せられたマネキンも、それに同意《どうい》します。

「本当だ。腕《うで》も足もない」

その横《よこ》にいる、白いシャツを着《き》せられたマネキンは、ため息《いき》をつきました。

「あわれだな」

「まったく」

「服《ふく》も着《き》せられていない」

「なにもないんだ。なんにも」

すべての声は、トルソーに届《とど》いていました。

トルソーは傷《きず》つきました。

それから毎日のように、古着屋《ふるぎや》のマネキンたちは、トルソーを笑《わら》いものにしました。知らないふりをしようにも、そこに古着屋《ふるぎや》がある限《かぎ》り、どうしても気になってしまいます。トルソーは自分では動《うご》けませんので、カーテンを閉《し》めることもできず、逃《に》げることもできませんでした。

マネキンたちは、服《ふく》が売れるたびに、また別《べつ》の服《ふく》を身《み》につけ、裸《はだか》のトルソーに見せびらかすのです。


ある日、トルソーは、通りを歩いていく六人の若《わか》い男性《だんせい》たちを目にしました。六人とも、真新《まあたら》しいスーツを着《き》ていました。この先にあるオフィスで、働《はたら》いているのです。コーヒーを手に持《も》っています。昼休みで外に出てきたのでしょう。

トルソーは、六人のうちのひとりが気になりました。ほかの五人は同じくらいの背丈《せたけ》でしたが、そのひとりだけ、とても背《せ》が低《ひく》かったからです。どことなく運動神経《うんどうしんけい》のよさそうな雰囲気《ふんいき》で、体は小さくてもたくましい印象《いんしょう》でした。

ひとりだけ、少しちがう。

五体のマネキンと、自分。トルソーは、自分と彼《かれ》を重《かさ》ねていました。

彼《かれ》らはいつもこの道を通るので、トルソーはいつもその彼《かれ》を心の目で追《お》いました。

彼《かれ》は誰《だれ》より声が大きく、とても陽気《ようき》で、元気がありました。どうやらほかの五人からも、尊敬《そんけい》される存在《そんざい》のようでした。トルソーには彼《かれ》だけが、みずみずしく光り輝《かがや》いているように見えたのです。そのうちにトルソーは、五人から呼《よ》ばれる彼《かれ》の名前を知りました。

ケミ

自分に声が出せるならば、いつかその名を呼《よ》んでみたいと、トルソーは思うようになりました。

あいかわらず五体のマネキンたちは、トルソーをばかにしました。でもトルソーは、もう気にしません。ばかにされてもいいから、カーテンは開《あ》けたままがいい。彼《かれ》を見ることができるのですから。

ある日の夕方、例《れい》の若者《わかもの》たちが、向《む》かいの古着屋《ふるぎや》の前で、マネキンたちを見ながらなにかを話していました。六人は古着屋《ふるぎや》に入っていきました。

しばらくして、古着屋《ふるぎや》の従業員《じゅうぎょういん》が、マネキンが着《き》ていた服《ふく》を、脱《ぬ》がせはじめました。それは、丈《たけ》の長い黒いコートです。彼《かれ》らのひとりがそれを着《き》て、気に入った様子《ようす》を見せました。

どういうわけか、彼《かれ》らから少し離《はな》れたところで、ケミはひとり、その様子《ようす》を見守《みまも》っていました。トルソーには、なぜだか彼《かれ》が寂《さび》しそうに見えました。

自分の身長《しんちょう》では着《き》こなせない。

そう思ったのかもしれません。

一方で、マネキンの身《み》につけている服《ふく》を、ケミが着《き》ようとしなかったことに、トルソーはほっとしていました。

いつか、自分の体に服《ふく》が飾《かざ》られることがあるならば、その服《ふく》をケミに選《えら》んで着《き》てもらいたい。

それはトルソーの夢《ゆめ》になりました。

けれど自分は、ソーイング用のトルソーであって、ディスプレイ用ではありません。それは叶《かな》いそうにない夢《ゆめ》だということを、トルソーは知っています。

それでも、ケミが自分の着《き》た服《ふく》を選《えら》んで、気に入ってくれる様子《ようす》を思い浮《う》かべます。

トルソーにとって、それは心があたたまるひとときでした。

それは雨の日でした。

いつもの時間に、傘《かさ》をさした若者《わかもの》たちが通りましたが、なぜかその日は、ケミだけがいませんでした。五人とも、黒い傘《かさ》をさしています。その中のひとりが言いました。

「理解《りかい》できない」

「おれたちとはちがう」

「かんべんしてほしいな」

五人の表情《ひょうじょう》は暗《くら》く、怒《おこ》っているようにも、おびえているようにも見えました。

ケミはどうしたのだろう。

トルソーは気になりました。

病気《びょうき》で休んでいるのかもしれません。それとも、仕事《しごと》が長引いているだけでしょうか。トルソーが心配《しんぱい》していると、しばらくして、また誰《だれ》かがその道を通りかかりました。そして、トルソーのすぐ近くで、立ち止まりました。

ケミでした。傘《かさ》もささず、ぼんやりとした表情《ひょうじょう》のまま、五人が向《む》かったほうを見て、立っています。

どうしたの。

トルソーは話しかけましたが、もちろん彼《かれ》に声は届《とど》きません。

雨にぬれて立ちすくむ彼《かれ》の瞳《ひとみ》は、ぬれていました。

なにかあったの。

無駄《むだ》なことだとわかっていながら、トルソーはもう一度《いちど》、そう声をかけました。

すると、おどろくべきことに、ケミはトルソーのほうを見たのです。まるでトルソーの声が届《とど》いたかのように。

二人の目が合いました。

そんなはずはないのに、トルソーにはそう感《かん》じられました。

しばらくトルソーを見つめたあと、ケミはゆっくりと歩いていきました。いつもとはちがう方向《ほうこう》に。

トルソーには、追《お》いかけることのできる足がないのです。

次《つぎ》の日のお昼頃《ごろ》、あの五人はいつも通り現《あらわ》れました。けれど、そこにはもう、ケミはいません。

ケミは、夕方にひとりきりで姿《すがた》を見せました。これから帰るところなのでしょう。昨日《きのう》よりは元気そうに見えましたので、トルソーは少しだけ安心《あんしん》しました。また自分のことを見つめてくれるかもしれない。もっと長く。もっとやさしい表情《ひょうじょう》で。それに、今度《こんど》はもしかしたら、言葉《ことば》をかけてくれるかも。

トルソーは淡《あわ》い期待《きたい》に胸《むね》をふくらませました。

ですが、残念《ざんねん》なことに彼《かれ》はトルソーの前を通り過《す》ぎ、古着屋《ふるぎや》のほうへ歩いていきました。窓《まど》の外から、あのマネキンたちをじっと見ています。五体のマネキンはそれぞれ、黄色いシャツにジーンズ、ストライプのセットアップスーツ、くたびれたオーバーオール、毛皮《けがわ》のコート、そして花柄《はながら》のワンピースを身《み》につけていました。ケミはいつまでもマネキンたちをながめています。

トルソーは胸騒《むなさわ》ぎがしました。

やがてケミは古着屋《ふるぎや》に入っていきました。そして彼《かれ》が手にしたのは、花柄《はながら》のワンピース。

ワンピースを着《き》ていたマネキンは言いました。

「きっと恋人《こいびと》へのプレゼントだ」

ケミはとても幸《しあわ》せそうな顔をしていました。その顔を見て、トルソーは、自分の体がばらばらになって、くずれ落《お》ちたように感《かん》じていました。

なにが自分をこんなにかなしい気持《きも》ちにさせるのか、トルソーにはわかりません。

彼《かれ》がマネキンの服《ふく》を選《えら》んだこと？　それが恋人《こいびと》へのプレゼントであること？　自分には彼《かれ》に選《えら》んでもらえる服《ふく》もなければ、彼《かれ》を抱《だ》きしめる腕《うで》もないこと？

そういったことを長く深《ふか》く考え続《つづ》けているうち、トルソーはすっかりつかれてしまいました。

もうなにも感《かん》じたくない。

それが、トルソーが最後《さいご》に感《かん》じた気持《きも》ち。なにも感《かん》じないようにするためには、心を捨《す》てるしかありません。

トルソーは心を閉《と》ざし、そして、長い冬がはじまりました。

やがて冬が終《お》わり、春はやってきました。それを何度《なんど》かくり返《かえ》したかもしれません。

トルソーは感《かん》じることをやめて、ただそこに立っていました。

どのくらい時間がたったかわかりません。

そのうち、仕立《した》て屋《や》がやってきました。仕立《した》て屋《や》はいつものように、いらなくなったものを段《だん》ボールに入れて持《も》ってきました。それを棚《たな》に下ろしたあと、仕立《した》て屋《や》はふと、トルソーを見たのです。

そして、じつにひさしぶりに、仕立《した》て屋《や》はトルソーの肩《かた》にふれました。

「……ずいぶん古くなった」

愛情《あいじょう》に満《み》ちたその声は、トルソーのもとに届《とど》いてはいませんでした。

心がばらばらになったトルソーは、もうなにも感《かん》じないからです。

仕立《した》て屋《や》が、車の後部座席《こうぶざせき》にトルソーを乗《の》せようとしたとき、後ろから声をかけられました。

「連《つ》れていってしまうんですか？」

仕立《した》て屋《や》がふり返《かえ》ると、明るいグリーンのスカートをはいた、髪《かみ》の長いうつくしい人がいました。見覚《みおぼ》えのない顔です。人の良《よ》い仕立《した》て屋《や》は、笑顔《えがお》で答えました。

「ええ。そのうちにとは思っていたんだが、なかなか忙《いそが》しくてね」

「失礼《しつれい》ですが、処分《しょぶん》されるおつもりで？」

「いやいや、まさか。街《まち》にあるわたしの店に飾《かざ》ろうかと思ってね。古い型《かた》だけど、若《わか》い頃《ころ》に世話《せわ》になったトルソーなんだ」

するとその人は、ほっとしたようにうなずきました。

「そうですか、それならよかった。あの、じつはあなたのことを知っています。ずっと昔《むかし》、スーツを仕立《した》てていただいたことが」

仕立《した》て屋《や》はおどろきました。なぜなら、この仕立《した》て屋《や》は、男性《メンズ》の服専門《せんもん》の仕立《した》て屋《や》だからです。女性《レディース》の服を仕立《した》てることは、ほとんどありません。

おどろいている仕立《した》て屋《や》を見て、その人は照《て》れくさそうに、自分が身《み》につけているグリーンのスカートを、指《ゆび》でつまんで見せました。

「今はもう、スーツはあまり着《き》ないんですけどね」

もしトルソーに目があれば、今その目から、涙《なみだ》がこぼれたはずでした。

——ケミ……！

ケミでした。

ケミはスカートをはいていました。髪《かみ》もすっかり伸《の》びています。ケミは仕立《した》て屋《や》に言いました。

「ぼくは心も体も男だけど、ずっと女性《じょせい》の服《ふく》を着《き》てみたかったんです。そもそも、

『女性の服《レディース》』だと区別《くべつ》してしまうこと自体が、間違《まちが》っているように感《かん》じられて」

仕立《した》て屋《や》は深《ふか》くうなずきました。

「なるほどね。たしかにそうかもしれない。女性《じょせい》がスカートとパンツを選《えら》べるなら、男《だん》性《せい》にだって同じ権利《けんり》があるはずだ」

「ぼくは背《せ》が低《ひく》いから、とくにハイヒールに憧《あこが》れていました。もちろん、華《はな》やかなワンピースやスカートにも。誰《だれ》にも言えない秘密《ひみつ》でした」

光り輝《かがや》く赤いハイヒールが、今にも踊《おど》りだしそうな軽《かろ》やかさで、ケミの足もとを明るくしていました。ケミが歩けば、

きらり、ひらり、ふふふっ……。

そんなふうに、足音が笑《わら》い声となって聞こえてくるようです。

「だけどぼくは、背《せ》は低《ひく》くても体型《たいけい》は男ですから、着《き》てみたくてもサイズが合わないことが多くて」

「なるほど」

「それに、女性《じょせい》の服《ふく》に興味《きょうみ》があることを知られて、まわりの人たちがぼくから離《はな》れていったこともありました」

「それはかなしいことだったね」

「ええ、まぁ。だけど彼《かれ》らも、さっきのあなたみたいに、ただおどろいただけだったのかもしれません。そのときぼくはひどく落《お》ちこんで、一度《いちど》はあきらめかけました。ちょうどそんなときでした」

ケミはトルソーを見ました。

「このトルソーを見かけたんです。これはソーイング用のトルソーでしょう？　着《き》たい服《ふく》があるなら、自分で作ればいいんだって、気がつきました」

「服《ふく》を？　きみが作るの？」

「ええ。昔《むかし》そこには古着屋《ふるぎや》がありましたけど、そこでディスプレイされていた花柄《はながら》のワンピースを、まずは買いました。すごくドキドキして、うれしかったっけ。自分にはサイズが合わなかったから、何日もかけて合うように仕立《した》て直しました。それからは何着《なんちゃく》も」

そしてケミは、トルソーに言いました。

「そういうとき、こんなトルソーがあったらいいなと思っていたんだ」

そのとき、仕立《した》て屋《や》にはすぐにわかりました。かつてのパートナーが今、自分になにをしてほしいと思《おも》っているか……。

仕立《した》て屋《や》の腕《うで》から、ケミの腕《うで》に、トルソーは渡《わた》されました。

ケミの胸《むね》の中で、トルソーのばらばらになった心は、少しずつかたちを取《と》り戻《もど》しはじめました。

世界《せかい》を見ていた心を。

音を感《かん》じていた心を。

思い出してゆく……。

こうして、トルソーにはふたたび仕事《しごと》ができました。

ケミは自分の服《ふく》を仕立《した》てるとき、トルソーにその服《ふく》を着《き》せます。叶《かな》いそうになかった二つの夢《ゆめ》が、今、ひとつになって動《うご》きはじめました。

トルソーは幸《しあわ》せでした。

人魚姫はうたえない

にかいどう青

七月の午後七時八分は夜と呼《よ》ぶにはまだ明るく、山の線がオレンジに浮《う》き上がって見えた。じめっとしていて、Tシャツが背中《せなか》にはりついてくる。

校門を抜《ぬ》けたわたしは職員室《しょくいんしつ》のほうを確認《かくにん》した。そこだけまだ電気がついている。

家で姉のアイスを勝手《かって》に食べていたら陸上部《りくじょうぶ》の部室《ぶしつ》に忘《わす》れ物《もの》をしたことに気づいて、その忘《わす》れ物《もの》ってつまりスマホだから、それ女子中学生的《てき》には生死《せいし》にかかわるじゃんってことで、夕飯《ゆうはん》前に自転車《じてんしゃ》をすっ飛《と》ばして戻《もど》ってきた。

制服着《せいふくき》てきてないし、スマホの持《も》ちこみはそもそも禁止《きんし》されてるから、先生に見つからないよう、そっと運動部《うんどうぶ》の部室《ぶしつ》があるプレハブ棟《とう》へ向《む》かう。

部屋《へや》のカギは、職員室《しょくいんしつ》で管理《かんり》されてるものとはべつに、複製《ふくせい》されたやつがドアマットの下にかくされていた。

そいつを使《つか》って中に入り、棚《たな》に置《お》きっぱなしのスマホを回収《かいしゅう》する。

スマホケースには、インスタントカメラで撮影《さつえい》した落書《らくが》きいっぱいの写真《しゃしん》がはさんであった。クラスの男女数人が変顔《へんがお》をして写《うつ》ってる。その中のひとりがわたしの片想《かたおも》いの相手《あいて》だ。最高《さいこう》に変《へん》な顔なので笑《わら》える。

二人きりだと不自然《ふしぜん》かもと思って、その場にいたみんなに声をかけて撮《と》った。

まあ向《む》こうは、わたしの気持《きも》ちなんて気づいてないだろうけど。

ちゃんと見つかったことにほっとして電源《でんげん》を入れると、ぽこぽこ通知が表示《ひょうじ》された。

あとで確認《かくにん》することにして、きちんと施錠《せじょう》し、カギをもとの場所《ばしょ》にかくす。

ミッションコンプリート、と思って帰ろうとしたら、どこかから歌が聞こえてきた。

女子の声だ。知ってるメロディだった。古い洋画《ようが》の歌。

プールのほうから聞こえてくる。

わたしはスマホをパンツのポケットに押《お》しこんで、そっちに歩いていった。

プールサイドにある外灯《がいとう》はひとつきりなので、夜になりかけの空よりずっと暗《くら》い。

それでも、フェンスの網目《あみめ》からのぞくと、誰《だれ》か泳《およ》いでるのがわかった。

泳《およ》いでるっていうか、ぷかぷかと浮力《ふりょく》に身《み》を任《まか》せ、歌を口ずさんでいる。

すごくきれいな声だ。なめらかで、ずっとさわってたくなる布《ぬの》みたい。

と、そのとき、じじじっ、と寝《ね》ぼけたようなセミの声がした。

「ぎゃ⁉」

至近距離《しきんきょり》をセミが飛《と》んでいって、びっくりする。

それでプールの中の誰《だれ》かが、わたしに気づいた。

「あれ、上原《うえはら》さん」

相手《あいて》は神田羽奈《かんだはな》だった。

一年、二年と同じクラスで、スマホケースにはさんだ写真《しゃしん》にも写《うつ》ってる。その中では強烈《きょうれつ》なぶさいく顔をさらしている羽奈《はな》だけど、すましていればスーパー美人《びじん》。悪魔《あくま》と契約《けいやく》でもしなければ手に入れられないような理想的《りそうてき》な形の目とか鼻《はな》とかくちびるの持《も》ち主《ぬし》だ。くわえて成績優秀《せいせきゆうしゅう》だし、運動神経《うんどうしんけい》も抜群《ばつぐん》とか何者《なにもの》だよって思う。

そんなだと反感《はんかん》を買いそうなのに、羽奈《はな》は感《かん》じがいいから男女どちらからも好《す》かれていて、それでいて特定《とくてい》のグループに属《ぞく》するでもなく、少しミステリアスな子だ。

長い髪《かみ》がぬれて束《たば》になり、顔にはりついていた。羽奈《はな》はそれを指《ゆび》でわける。

「上原さん、どうしたの？　こんな時間に」

「いやいやいや。それ、こっちのセリフだから。羽奈《はな》こそなにしてんの？」

よく見たら、彼女《かのじょ》は水着《みずぎ》じゃなくて制服姿《せいふくすがた》だった。ブラウスが体にはりついて、細い首とか肩《かた》とかを浮《う》き上がらせている。羽奈《はな》は、きれいな顔で笑《わら》った。

「人魚姫《にんぎょひめ》ごっこ」

「へ、へえ……」

じゃっかん、引くわたし。人魚姫《にんぎょひめ》て。

羽奈《はな》は、つぃーっと泳《およ》いで、こちらに近づいてきた。プールのへりに胸《むね》から上をあずけ、伸《の》ばした足で水をぱしゃぱしゃさせる。

「わたし水泳部《すいえいぶ》なんだけど、みんなと帰ったあと、戻《もど》ってきて、ちょっとゆらゆらしてた。服《ふく》のまま入るの気持《きも》ちいいんだ」

スカートとか乾《かわ》かすのたいへんだと思うけど、たしかに気持《きも》ちよさそうではある。夜のプールを独《ひと》り占《じ》めというのも魅力的《みりょくてき》だ。青春って感《かん》じ。

うちはふつうの公立中で、運動部《うんどうぶ》も強豪《きょうごう》とかじゃないんだけど、一個《いっこ》上の塩野真子《しおのまこ》っていう水泳部《すいえいぶ》の先輩《せんぱい》がやたら速《はや》いらしく、去年《きょねん》は全国《ぜんこく》大会に出場していた。全校集会《ぜんこうしゅうかい》で表彰《ひょうしょう》されてたのを覚《おぼ》えてる。

すらっと背《せ》が高くて、ショートカットで、まつげの長い、キリンみたいな女子の先輩《せんぱい》だ。キリンって泳《およ》げんのかな。知らんけど。

「上原《うえはら》さんは？」

「スマホ、部室《ぶしつ》に忘《わす》れちゃって。でも、ちゃんと回収《かいしゅう》できた」

「よかったね」

それきり、なんとなくわたしたちは無言《むごん》になった。

さわさわと木々の葉《は》ずれの音がする。車のクラクションが遠くで鳴った。

「えっと、じゃあ、そろそろ帰るわ。もう夕飯《ゆうはん》だし」

「うん。またね、上原さん」

そう言うと、羽奈《はな》はわたしを見送《みおく》ることなく、とぷん、と水の中に消《き》えた。

翌日《よくじつ》、教室で見かけた羽奈《はな》はプールでのことを口止めしてくるでもなく、いつも通り男子とも女子とも冗談《じょうだん》を言い合っていた。わたしも、べつに誰《だれ》にも話さない。制服《せいふく》はきちんと乾《かわ》いたのかな、って思ったくらいだ。

それから何日かして、部活《ぶかつ》が終《お》わって帰宅《きたく》して、ソファで寝《ね》そべりながら姉のプリンを勝手《かって》に食らっていたら、脈絡《みゃくらく》もなく、ふっと羽奈《はな》のことを思い出した。

スマホを見る。六時四十分だった。

今日《きょう》もプールで泳《およ》いでたりするのかな?

夕飯《ゆうはん》まで少し時間がありそうだったので、わたしはまた忘《わす》れ物《もの》を取《と》りにいくということにして、自転車《じてんしゃ》で学校へ向《む》かった。

校舎《こうしゃ》はやっぱり職員室以外《しょくいんしついがい》の明かりが消《き》えていて、プールを照《て》らしているのはしょぼい外灯《がいとう》ひとつきりだ。

その淡《あわ》い光の中で、羽奈《はな》は今日《きょう》も泳《およ》いでいた。

フェンス越《ご》しにそれを確認《かくにん》したわたしは、プールに入るための門を開《あ》けた。

脱《ぬ》いだスニーカーとソックスを手に持《も》って、はだしでぺたぺた歩いていく。

暗《くら》いプールは空よりもずっと夜で、だから羽奈《はな》は夜空を飛《と》ぶように水面《すいめん》をただよっていた。長い髪《かみ》がふわふわ揺《ゆ》れている。今日《きょう》は制服《せいふく》じゃなくて体操着姿《たいそうぎすがた》だ。

「また人魚姫《にんぎょひめ》ごっこ？」

声をかけると、羽奈《はな》がプールの底《そこ》に足をついて、わたしを見上げた。

「びっくりした」と、ちっともびっくりしてなさそうな声で言う。「どうしたの、上原さん。また忘《わす》れ物《もの》？」

「いや、羽奈《はな》いるかなと思ってなんとなく」

「上原さんも泳《およ》ぐ？ 気持《きも》ちいいよ？」

「んー」たしかに魅力的《みりょくてき》な提案《ていあん》だけど。「えんりょしとく」

ソックスをスニーカーにつっこんで、ぬれないところに置《お》いてから、プールのへりに腰《こし》を下ろす。足だけ水にひたして、ぱしゃりとけり上げた。

羽奈《はな》は右側《みぎがわ》で髪《かみ》を束《たば》ねると、ぎゅっと水気をしぼった。そのしぐさが、いかにも人魚《にんぎょ》姫《ひめ》っぽい。それでわたしは、「人魚姫《にんぎょひめ》ってさ」と話しかける。

「王子に想《おも》いを伝《つた》えないいじゃん？　なんでなのって小さい頃《ころ》、不満《ふまん》だったんだよね」

「海の魔女《まじょ》に声をうばわれてたからじゃない？」

「それはそうなんだけど、でも、そんなの筆談《ひつだん》でもなんでもすればよくない？　文字の読み書きができなかった設定《せってい》だとしても、必死《ひっし》さが足りないっていうか。気づかない王子もアホだし。あんなやつ、刺《さ》してやればよかったんだ」

わたしの野蛮《やばん》な発言《はつげん》に、羽奈《はな》はやわらかな笑《え》みを浮《う》かべた。

「わたしは、ちょっとわかるな。人魚姫《にんぎょひめ》の気持《きも》ち」

「なんでよ？」

「なんでだろ」

羽奈《はな》は首をかしげ、「わたしも叶《かな》わない恋《こい》をしてるからかな」とか恥《は》ずかしいセリフを恥《は》ずかしげもなく続《つづ》ける。

「え、なにそれ、くわしく」

わたしは芸能《げいのう》リポーターみたいにマイクを向《む》けるマネをした。

「いきなり食いついてきたな」

羽奈《はな》はとくに説明《せつめい》してくれなくて、体を後ろへ倒《たお》すと、ぷかりと水に浮《う》いた。ゆらゆらただよいながら歌をうたいはじめる。わたしはその歌に耳をかたむける。

本当にすごくきれいな声だ。人魚姫《にんぎょひめ》が実在《じつざい》するなら、きっとこんな声なのだろう。この声と引《ひ》き換《か》えでなければ、魔女《まじょ》は願《ねが》いを叶《かな》えてなんてくれない。

やがて最後《さいご》のフレーズが終《お》わり、わたしは拍手《はくしゅ》を送《おく》った。

「うまいね」

羽奈《はな》はまたプールの底《そこ》に足をついて、「ありがと」と言った。

ちゃぷちゃぷと水がたゆたう。教師《きょうし》が気づいた気配《けはい》はなく、あたりはしずかだ。誰《だれ》もいない学校は、昼間とはべつの空間みたいだった。空気は水分をふくんでもったりとしている。見上げると、外灯《がいとう》に引《ひ》き寄《よ》せられた虫が飛《と》びかっていた。

わたしの脳裏《のうり》に、ある場面《ばめん》が浮《う》かぶ。

一年の二学期《にがっき》。全校集会《ぜんこうしゅうかい》の表彰式《ひょうしょうしき》のあと——。

「あのさ」

「うん」

「羽奈《はな》の好《す》きな人って」

羽奈《はな》がわたしを見る。髪《かみ》からしたたった水の玉が水面《すいめん》に波紋《はもん》を広げる。

わたしはひと呼吸《こきゅう》あけて、言った。

「塩野先輩《しおのせんぱい》でしょ?」

「ぶねっ。ぶは、ぶほっ……っっ」

羽奈《はな》が盛大《せいだい》にむせる。こんな羽奈《はな》ははじめてで、ちょっと新鮮《しんせん》。

「な、なんで?」

「あー、うん。その、なんか、それっぽいところ見たことあって」

集会《しゅうかい》のあと、みんなが教室に引《ひ》き返《かえ》す中、羽奈《はな》が流《なが》れに逆《さか》らうようにして、メダルと賞状《しょうじょう》を持《も》つ塩野先輩《しおのせんぱい》のほうへ駆《か》けていくのをわたしは見た。声は聞こえなかったけど、塩野先輩《しおのせんぱい》が笑顔《えがお》で羽奈《はな》の左肩《ひだりかた》にパンチするところを目撃《もくげき》した。さんきゅ、とか、そういう親しげなパンチだった。

友だちとその場をあとにする塩野先輩《しおのせんぱい》を見送《みおく》った羽奈《はな》は、負傷《ふしょう》したみたいに左肩《ひだりかた》を押《お》さえていた。その顔がうれしそうで、なのに、細められた目は悲《かな》しげでもあって。

それでわかってしまった。

あのとき、羽奈《はな》は、実際《じっさい》、負傷《ふしょう》したみたいなものだったんだ。

「あ、でも、ただの思いこみかも。ちがってたらごめん。てか急《きゅう》になに言ってんだ、わたし。忘《わす》れてくれ」

「ううん。そっか。上原さんにはバレてたか」

少し落《お》ちつきを取《と》り戻《もど》したらしい羽奈《はな》が、わたしを見る。

「……引いた？」

「まさか！」

思わず大きな声が出て、あわてて口を押《お》さえる。でも言ってしまったあとに口を押《お》さえるって本質的《ほんしつてき》には無意味《むいみ》だよね、と頭のどこか冷静《れいせい》な部分《ぶぶん》で思っている。

「ご、ごめん。大きな声出して。や、ま、ぜんぜんおどろかなかったわけじゃないけど、べつに恥《は》じることじゃないじゃん。好《す》きな相手《あいて》が同性《どうせい》ってだけでしょ？　おかしなことなんかない。引くわけないよ」

「ありがと」

わたしは右の二の腕《うで》のあたりを指先《ゆびさき》でかいた。いつの間にか蚊《か》に刺《さ》されたみたい。ぷくりとしてる。ちらっと見て、でも暗《くら》くてよくわからず、羽奈《はな》に視線《しせん》を戻《もど》す。

「えーっと……気持《きも》ちを、伝《つた》える、ご予定《よてい》は？」

「なにその言葉《ことば》づかい」と、そのときにはもういつもの羽奈《はな》で、おかしそうに肩《かた》をゆらしている。

「どうかなー。先輩《せんぱい》、もう引退《いんたい》だし、受験《じゅけん》もあるし」

「いつ、その、好《す》きって思った？　きっかけとか。あ、いや、無理《むり》に話さなくていいんだけど」

「明確《めいかく》にいつ、ってのはないかな。うん。先輩《せんぱい》、すごく努力家《どりょくか》なんだ。ストイックで。たんたんと研《と》ぎ澄《す》ましていく感《かん》じ。そういうとこ尊敬《そんけい》できる……って恥《は》ずいな」

羽奈《はな》は照《て》れかくしなのか、ほおを両手《りょうて》ではさんで押《お》しつぶした。

わたしはつばを飲《の》みこみ、変《へん》な顔をしている羽奈《はな》に「あのさ」と告《つ》げる。

「わたしは応援《おうえん》するから！　羽奈《はな》のこと！」

一回きょとんとしたあと、羽奈《はな》は今日《きょう》イチの笑顔《えがお》で「ありがとう」と言った。

そんなことがあったあとも、クラスで会う羽奈《はな》はやっぱりいつもと変《か》わらなかった。

夏休みが近づくにつれ、気温《きおん》はどんどん高くなっていく。今年《ことし》は雨が少なくて、各地《かくち》で水不足《みずぶそく》が心配《しんぱい》されていた。

部活《ぶかつ》後のミーティングが終《お》わり、みんなでコンビニに立《た》ち寄《よ》ってアイスを買い食い（いや禁止《きんし》なんだけど）して涼《すず》んでいたときのことだ。

ふっと店の反対側《はんたいがわ》の歩道に目が向《む》いた。

すらりと背《せ》が高くて、まつげの長い、キリンみたいな女子が歩いている。

それもひとりじゃなくて男子とだった。手をつないで。なんか笑《わら》い合ってるし。

瞬間《しゅんかん》、頭を鈍器《どんき》でなぐられたような気がした。

「ねえ見て。あれって塩野先輩《しおのせんぱい》じゃん？」

「ウソ、バスケ部《ぶ》の堺先輩《さかいせんぱい》とつき合ってんの？」

「ショックー」

みんなのさえずりが、本気でうざい。わたしはまだ三口しか食べていなかったアイスを「あげる！」と友人に押《お》しつけ、全速力《ぜんそくりょく》で引《ひ》き返《かえ》した。

学校に到着《とうちゃく》し、息《いき》をきらしながらフェンス越《ご》しにプールを見ると、スタート台にすわる羽奈《はな》を発見《はっけん》した。部活《ぶかつ》が終《お》わったあとみたいで制服《せいふく》に着《き》がえていたけど、くつもソックスもはいてなくて、はだし。羽奈以外《はないがい》には誰《だれ》もいなかった。

わたしは門を開《あ》けて、中に入った。スニーカーを脱《ぬ》がずに、ずんずん進《すす》む。

声をかける前に、羽奈《はな》がわたしに気づいて、ふり返《かえ》った。

「あ、上原さん」と言ったあとに表情《ひょうじょう》をくもらせる。「どうしたの？　怒《おこ》ってる？」

わたしは返事《へんじ》をせず、羽奈《はな》のとなりのスタート台に腰《こし》を下ろした。羽奈《はな》がこちらを見ているのがわかったけど、わたしは水面《すいめん》をにらみ続《つづ》けた。

べつに怒《おこ》ってなんかいない。いや、ちょっとは怒《おこ》ってるかもしれないけど、その何倍《なんばい》も悲《かな》しかった。だけど、わたしは悲《かな》しがる正当な理由《りゆう》を表明《ひょうめい》できない。

「ひょっとして」

羽奈《はな》が沈黙《ちんもく》をやぶる。

「見ちゃった？」

なにを、とは言わなかった。でも、それだけでわたしにはわかるし、向《む》こうにもそのことが伝《つた》わる。羽奈《はな》は「そっか」とつぶやいた。それから「ごめんね」と言う。

わたしはようやく羽奈《はな》に目をやった。

羽奈《はな》は泣《な》いていなかったし、なんならちょっと笑《わら》っていた。

「なんで、あやまるわけ？」

「いや、上原さんがせっかく応援《おうえん》してくれてたのにって思って」

わたしは軽《かる》く下くちびるをかむ。

「羽奈《はな》は前から知ってたんだ？　塩野先輩《しおのせんぱい》にカレシがいたこと」

だからこそ叶《かな》わない恋《こい》なんて言ったんだ。わたしはこぶしをにぎる。

「ごめん。わたし無神経《むしんけい》で。応援《おうえん》するとか言って、ほんとごめん」

「ぜんぜん。うれしかったよ」

「……うれしかった？」

「上原さん、わたしの秘密《ひみつ》を知っても、ふだんと変《か》わらなかったから」

世界《せかい》は否定《ひてい》の言葉《ことば》であふれている。だから羽奈《はな》は好《す》きな人をただ好《す》きでいることにも慎重《しんちょう》になる。気持《きも》ちを伝《つた》えるなんて、できない。声を失《うしな》った人魚姫《にんぎょひめ》みたいに。

必死《ひっし》さが足りない？　わたしこそアホじゃん。命《いのち》がけに決《き》まってるのに。

「だから、ほんとありがとう、上原さん」

羽奈《はな》はそう言って、さっきよりちゃんと笑顔《えがお》になった。

それを見たとたん、泣《な》きそうになった。顔が熱《あつ》い。耳が熱《あつ》い。叫《さけ》びたいような気持《きも》ちだった。だけど叫《さけ》ぶとかできなくて、でもじっとしてもいられなくて、だからわたしは肺《はい》に空気をためて、思いきりよくプールに飛《と》びこんだ。ばっしゃーん。

水中でうす目を開《あ》けると、たくさんの小さな気泡《きほう》が見えた。鼻《はな》に水が入ってきて、つんとする。痛《いて》え。

ぶくぶく口から息《いき》を吐《は》きながら、わたしは水面《すいめん》に顔を出した。

「ちょ、上原さん、ど、どうしたの？　大丈夫《だいじょうぶ》？」

羽奈《はな》が上からのぞきこんでくる。直前までの笑顔《えがお》が消《き》えて、あわてた表情《ひょうじょう》になっている。羽奈《はな》を心配《しんぱい》させられたことが、わたしはうれしい。もっと動揺《どうよう》しろ。

わたしは羽奈《はな》を見上げながら「人魚姫《にんぎょひめ》ごっこ」と答えた。

前髪《まえがみ》がぺったりおでこにはりついているけど、ぬぐわない。泣《な》いているところを見られるわけにはいかない。

ねえ知らないでしょ？　みんなと撮《と》った写真《しゃしん》の中で、最高《さいこう》におかしな顔をしてる羽奈《はな》が、わたしの宝物《たからもの》なんだよ？

ほんと言うと、最初《さいしょ》は美人過《びじんす》ぎて目ざわりって思ってた。でもなんか、妙《みょう》に気になって。話してみたらすごくいい子だし。そりゃ誰《だれ》からも好《す》かれるわなって感《かん》じで。

なのに、変《へん》なの。羽奈《はな》ってみんなといても、ときどき、ひとりぼっちみたいな表情《ひょうじょう》をしてることがある。

それに気づいたのは、たぶんわたしだけ。てか、わたし、羽奈《はな》のこと見過《みす》ぎ。

でもだから、羽奈《はな》が塩野先輩《しおのせんぱい》を好《す》きなんてすぐにわかった。わかって、苦《くる》しくなった。あれ？　と思った。なんで？　とあわてた。

なんでもなにもない。それはそういうことだった。いやいやないでしょと笑《わら》い飛《と》ばそうとして、少しも笑《わら》えなくて、ふつうに泣《な》きそうで、いきなり泣《な》いたりしたら情緒不安《じょうちょふあん》定《てい》にもほどがあるから、全校集会《ぜんこうしゅうかい》のあとずっとアホみたくでかい声でしゃべってた。自《じ》覚《かく》したとたん終了《しゅうりょう》とか地獄《じごく》かよ。あの日は姉のチョコをやけ食いしたんだっけ。

応援《おうえん》してるなんてウソだよ。いやウソでもないけど。羽奈《はな》がしあわせになってほしいのは本心。ただ塩野先輩《しおのせんぱい》にカレシがいてくれて、じつはほっとしている。あと、傷心《しょうしん》の羽奈《はな》なら案外《あんがい》かんたんに攻略《こうりゃく》できちゃったりして、とか思ったりする。よこしまかよ、とも思うけど。思う、けど……。

たとえば、ね。もしも。わたしがこんな黒いことを考えてるって、ちゃんと、まっすぐ、あなたに伝《つた》えたら、伝《つた》えることができたら、ねえ、そのときは——。

息《いき》を吸《す》う。吐《は》く。

のどが震《ふる》えてる。目の奥《おく》が熱《あつ》い。

見上げる。

ぽたん、と。

水がしたたる。

「羽奈《はな》」

「わたしの秘密《ひみつ》、聞いてくれる？」

一般社団法人　日本児童文芸家協会　編
（宮下恵茉）

長谷川まりる（はせがわ・まりる）

長野県生まれ東京育ち。『お絵かき禁止の国』（講談社）でデビュー。ほかに『かすみ川の人魚』『満天inサマラファーム』、（以上、講談社）『キノトリ／カナイ：流され者のラジオ』（静山社）、『杉森くんを殺すには』（くもん出版）、『砂漠の旅ガラス』（小学館）では挿絵も描いている。アウトドア志向インドア派。

五十嵐美怜（いがらし・みさと）

福島県出身。第64回講談社児童文学新人賞佳作受賞。受賞作『15歳の昆虫図鑑』は2024年11月発売予定。おもな作品に「恋する図書室」「幕末レボリューション！」シリーズ（集英社みらい文庫）、「きみがキセキをくれたから」シリーズ（講談社青い鳥文庫）がある。公共図書館での勤務経験をもとに、今回の物語を執筆しました。

宮下恵茉（みやした・えま）

大阪府出身京都市在住。第15回小川未明文学賞大賞受賞作『ジジ　きみと歩いた』（Gakken）でデビュー。同作で第37回児童文芸新人賞受賞。著作に「龍神王子！」（講談社青い鳥文庫）、「ひみつの魔女フレンズ」「となりの魔女フレンズ」シリーズ（Gakken）、『9時半までのシンデレラ』（講談社）、『トモダチブルー』（集英社みらい文庫）など。

もえぎ桃（もえぎ・もも）

青森県出身。第3回青い鳥文庫小説賞金賞受賞。「トモダチデスゲーム」シリーズ（講談社青い鳥文庫）、『恐怖文庫』1話収録（新星出版社）、「小説　ブルーロック　戦いの前、僕らは。」シリーズ（講談社）などのほか、「東北6つの物語」シリーズ（国土社）に「みちのく童話会」として3編を執筆。

いとうみく

神奈川県生まれ。『糸子の体重計』（童心社）で第46回日本児童文学者協会新人賞、『朔と新』（講談社）で第58回野間児童文芸賞、『あしたの幸福』（理論社）で第10回河合隼雄物語賞を受賞。近著に『キオクがない!』（文研出版）、『夜空にひらく』（アリス館）、『いちか・ちゃん』（くもん出版）など。季節風同人。

四月猫あらし（しがつねこあらし）

東京都出身。早稲田大学第二文学部文芸専修卒。元学校図書館司書。第20回長編児童文学新人賞受賞、2022年『ベランダのあの子』（小峰書店）でデビュー。アンソロジーに「ひみつの小学生探偵」シリーズ（Gakken）ほか。季節風同人。日本児童文学者協会会員。日本児童文芸家協会会員。

近江屋一朗（おうみや・いちろう）

愛知県出身。第1回集英社みらい文庫大賞優秀賞受賞。「スーパーミラクルかくれんぼ!!」シリーズ、「月読幽の死の脱出ゲーム」シリーズ、「怪盗ネコマスク」シリーズ（以上、集英社みらい文庫）、『バック・トゥ・ザ・フューチャー』（ポプラキミノベル）、「青春サプリ。」シリーズ（ポプラ社）など。

戸森しるこ（ともり・しるこ）

埼玉県出身。東京都在住。『ぼくたちのリアル』で第56回講談社児童文学新人賞、第46回児童文芸新人賞、第64回産経児童出版文化賞フジテレビ賞を受賞。『ゆかいな床井くん』で第57回野間児童文芸賞を受賞。「セミロングホームルーム」（三省堂・令和3年度版『現代の国語2』）、「おにぎり石の伝説」（東京書籍・令和6年度版『新しい国語五』）など。

にかいどう青（にかいどう・あお）

神奈川県出身。作品に「ふしぎ古書店」シリーズ、「SNS100物語」シリーズ（以上、講談社青い鳥文庫）、『黒ゐ生徒会執行部』（PHP研究所）、『ポー短編集　黒猫』原作エドガー・アラン・ポー（ポプラ社）、『雪代教授の怪異学』（ポプラ文庫ピュアフル）など多数。

カバー・本文イラスト
Ney

カバー・本文デザイン
出待晃恵（POCKET）

1話10分　秘密文庫

2024年 11月5日　初版発行

編　者　　一般社団法人 日本児童文芸家協会
発行者　　富　永　靖　弘
印刷所　　株式会社新藤慶昌堂

発行所　東京都台東区 台東2丁目24　株式会社　**新星出版社**
〒110-0016　☎03(3831)0743

ISBN978-4-405-07392-0

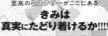

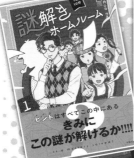

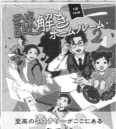

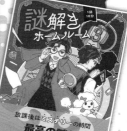

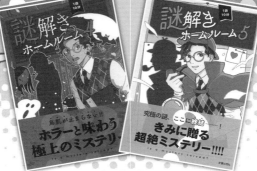

1話10分で解決！ 9作品掲載！
珠玉のアンソロジー
謎解きホームルームシリーズ
一般社団法人日本児童文芸家協会【編】
1話10分
きみにこの謎が解けるか!!!!
ヒントはすべて本の中に!

あなたが読みたいと思う本が、きっと見つかります。
恐怖文庫
感動文庫
恋愛文庫
秘密文庫
好評発売中